Ronso Kaigai
MYSTERY
224

白仮面

김내성
백가면과 황금굴

金来成

祖田律男［訳］

論創社

백가면과 황금굴
2018
by 김내성

This book is published with the support of the Literature Translation Institute of Korea (LTI Korea).

目次

白仮面

主要登場人物

白《しろ》仮面《かめん》………正体不明の怪盗
劉不亂《ユブラン》………探偵小説家だが探偵としても名高い
姜永済《カンヨンジェ》………発明家として世界に知られる工学博士
水吉《スギル》少年……姜博士の息子
大準《テジュン》少年……水吉の親友
任《イム》警部………白仮面を追跡する捜査責任者
朴之龍《パクチヨン》………大準の父。消息不明

一　はじまり

愛する数百万の少年諸君！　いまからみなさんに読みだしたらやめられなくなるような、おもしろおかしい物語を書きついでいこうと思います。

みなさんはかなしくて涙がこぼれ出る、そんなかわいそうでせつなくなるような物語よりも、ぞっとするほどこわく、手に汗をにぎってハラハラドキドキしながらも読まずにはいられない、そんな物語のほうをよりいっそうこのまれることと思い、つぎのような興味をかきたててやまないお話しをはじめてまいります。

それは世界各国の大都会とよばれる街にかならずあらわれては国の宝物をぬすみ、邪魔立てする者はようしゃなく殺してしまうというおそるべき白仮面の物語なのです。

白仮面は全身にヒラヒラゆれるながくて白いマントをはおり、見るのもおぞましい髑髏《どくろ》をえがいた、やはり白い仮面をかぶっています。

そんなぐあいに全身を白い衣装でおおっているため、いったい何者なのか、白仮面の素顔を見た者はだれひとりとしていません。インド人だという人もいれば、中国人だという人もいるし、ドイツ人ともいわれ、米国人だとみる人もいるのですが、どの人の考えがただしいのか、まるきり確かめるすべがないのです。

白仮面は自分が手にいれると決めたものはなんであれ、うばうことのできる、じつにおそるべき能力をもっており、そして、さらに何日の何時になにをうばっていくのかをかならず手紙や電報で相手に予告します。

それで、白仮面からそういった大胆な、おそろしい手紙を受けとった人は歯の根をガタガタふるわせ、警官とか名高い探偵とかにたすけをもとめ、邸《やしき》をぐるりと取りかこんでもらいながら白仮面が来るのを待ちうけるのです。

ところが、いつの間にどうやってしのびこんだものか、予告時間になれば、白仮面がうばっていくと通知してきたものは、あとかたもなく消えてしまいます。天にのぼっていったのか、地の底へはいっていったのか、なんとも不思議でなりません。

新聞にはほぼ連日、白仮面の関係するおそろしい事件の記事が書きたてられています。

世界中が白仮面のうわさでもちきりです。

「白仮面が英国のロンドンにもあらわる！」

「今度は米国のニューヨークにあらわる！」

「フランスのパリにあらわる！」

世界中の新聞で見出しの活字がおどっています。そして白仮面があらわれると、その国でもっとも値打ちのある貴重な物品がうばわれてしまうのです。金銀宝物だの、国の機密書類だの……。

こうして、おもに西欧で世間の注目の的になっていた白仮面が、東洋にもやってくるといううわさがひろまってきました。そうして、一か月ほど前に白仮面はついに中国の国際都市、上海にやってきたといわれるにいたったのですから、それ以上におそろしいことがあるでしょうか。

「白仮面が朝鮮にあらわれたらどうしよう?」

「たいへんだぞ!」

「どうすりゃいいんだ!」

人々が何人か集まると決まって恐怖におののきながら、白仮面の話が口をついて出るのでした。

すると、ちょうど二週間前に朝鮮で一番大きな新聞社あてに白仮面から一通の封書がとどいたのです。その内容は、つぎのようなみじかい文面でした。


一週間以内に京城《けいじょう》へ行くつもりだから、そのつもりで。 —白仮面—


とうとう、おそるべき白仮面が京城までやってくるというのです。あまりのことに人々はおちつきをなくし、気力がなえてしまったかのようです。

あんなにもにぎやかだった鍾路《チョンノ》の街角は日がおちると、人どおりはプッツリとだえ、子どもたちはふとんの中でブルブルふるえるばかりです。

一日がすぎ、二日がすぎ、いつしか一週間がすぎていきました。

「白仮面はいつあらわれるんだろう? はたして白仮面は京城に来るのか、来ないのか?」

そんなふうに人々はこわがりながらも、その一方では白仮面が来るのを待ちかねているかのようにおしゃべりするのです。

ああ、ついに白仮面が京城にやってきたといううわさが、またたく間に京城の街中にひろがっていきました。

安国洞《アングクドン》に住む、ある婦人が夜中に厠《かわや》へ行こうとしたところ、黒い塀《へい》の向こうを頭のてっぺんから足のつま先まで白いマントで身をかくしたあやしい人影がスーッととおりすぎていくのを見たといいます。髑髏《どくろ》の仮面をかぶり、白馬にまたがっていたそうです。

その婦人は驚愕のあまり、その場で気をうしなってしまったとも。

それからというもの、夜中にひづめの音さえ聞こえてくれば、

「白仮面だろうか？」

と、人々はおぞ気をふるうのでした。

こうして京城府内にあるすべての警察署は白仮面の犯行を未然にふせぐため、白仮面を拘束しようとあの手この手と作戦をねるのですが、いっこうに成果はあがりません。

そんな最中《さなか》、ある日の夜、不意に白仮面があらわれ、工学博士姜永済《カンヨンジェ》氏を拉致《らち》していったのです。

この一編の物語は姜《カン》博士の息子姜水吉《カンスギル》少年が、友人朴大準《パクテジュン》少年と探偵小説家劉不亂《ユブラン》氏の力をかりて、白仮面の手から父を救いだそうとするところからはじまります。

二　姜《カン》博士

水吉《スギル》少年の父、姜博士は朝鮮でも名高い発明家で、余人をもって替えがたい有能な学者です。六十に手がとどく姜博士は鼻の下と顎《あご》に白いひげがながくのびていて声に張りがあり、そのとおりのよい声を聞く者におのずと威厳を感じさせる力をもっています。

高齢の親のもとで生まれた水吉少年をことのほかいとおしみ、

「偉大な人間になるんだぞ。自分がただしいと思ったら、おそれず勇敢にたたかうのだ。そうすれば、おまえはわれらがほこれるりっぱな人間になれる」

姜博士はいつも水吉にそういって聞かせるのでした。

水吉には大準《テジュン》という普通学校（朝鮮人児童を対象とした初等教育機関）五年になる親友がいます。水吉は大準をすごく気に入っていたし、大準にとっても水吉は大の仲よしでした。

このふたりの少年は、朝にはともに学校へ行き、夕べにはともに学校から帰ってくるまでいっしょに遊んだり、勉強したりします。

しかし、大準は水吉の家の正門わきにある離《はな》れでくらすほどにまずしく、そしてまた大準の父は十年前、大準が四歳のときに商用で渡航中、インド洋のセイロン島付近でおそろしい海賊と出くわし、死んでいるのか生きているのか、いまなお消息が知れないでいるのです。

それで、姜博士は大準ら母子《おやこ》をたいそう気の毒に思い、たとえ自宅の離れとはいえ、清潔な部屋に住まわせ、息子とわけへだてなくかわいがり、学校へもかよわせました。

ところが、姜博士はおそろしい白仮面に突然つれさられてしまったのです。どうすればよいのでしょう？

姜博士は一年のうち大半は家にいず、黄海《ファンへ》からほどちかい高台に研究所をもうけて、そこである種の機械装置を発明しようとしていました。

それがいかなる機能をもった発明品なのか、その秘密を知る者は世界ひろしといえども一人もいないでしょう。それはとてつもなくおそるべき力をもった、おどろくほどすぐれた機械装置だというのです。

その発明品がいかに独創的で、どれほど偉大な力をひめているのか、みなさんはこの白仮面の物語を最後までお読みになると、だれよりもよく知ることができるでしょう。

それはさておくとして、姜博士はどんなふうにして白仮面につれさられていったのか、いまからその事件の経緯《いきさつ》について話してみることにしましょう。

姜博士は黄海沿岸の研究所で研究をつづけていたのですが、海辺でのひとり暮らしがさびしくもあり、愛する水吉と大準の顔を見ることもかね、しばらくのあいだ、世の人々のうごきをながめてみようと京城にもどり、姜博士が嘉会洞《カフェドン》の自宅へ帰ってきたのは、いまからちょうど一週間前のことでした。水吉少年は母のそばでねむろうともせずに父の帰りを待ちこがれながら、

「かあさん、とうさんが帰ってきたら、なにを買ってもらうつもりなの？　ぼくは見世物につれていってもらうつもりなんだ」

そういうと母は、

「見世物？　活動写真に行きたいの？」

と、ききました。

「ちがうよ。活動写真なんかに行ったら学校でしかられるんだから。サーカスにつれていってもらうんだ」

「サーカス？　どこに来たの？」

「奨忠壇《チャンチュンダン》公園に来てるんだって。すごいんだってね。奇術もやるし、綱わたり、馬乗り、空中飛行なんかもあるんだ。それにこんどやって来たサーカス団は世界一ともいわれていて、団員も世界各国から集めてるんだって。アフリカの人もいるんだよ。とうさんが帰ってきたら、いっしょに行きたいんだけど。かあさんは行かないの？」

「やめておくわ。おまえが行っておいで」

あくる日、父が帰ってきました。父が帰るなり、水吉はサーカスにつれていってほしいとせがみます。父は白い顎《あご》ひげをなでおろしながら、

「そんなに行きたいのなら、今夜行こう！」

と、あっさり承知してくれたものだから、水吉少年の喜びはいかばかりであったでしょうか。

はやい夕食をすませて姜博士は水吉、大準のふたりの少年をつれて奨忠壇《チャンチュンダン》公園に来たサーカスに行きました。水吉はどこへ出かけるにしろ自分が飼っている鳩をつれていき、大準は犬をつれていくのがお決まりです。

こうして、ふたりの少年は心をおどらせ、それぞれハトと犬を胸にだきながら車に乗ってサーカス

見物に出かけたのです。

サーカスは少年を夢中にさせるほどおもしろいものでした。わけてもブランコから別のブランコへと空中を飛んで乗りうつる空中飛行にはハラハラしながらも目をうばわれてしまいます。ブランコに乗っていた人は胸毛をもじゃもじゃはやした西洋人だそうです。さらにもうひとつ目がくぎづけになったのは、中国服を着た人によるナイフなげでした。それは板の前に人を立たせておいて、その板とはなれて向かいあう位置に立った人が板の前に立った人を目がけてするどいナイフを何本もなげるのです。ナイフは人にあたりそうなのに人のからだにはあたることなく、肩の上、わきの下へとからだすれすれの位置にある板上にストンストンと突きささっていきます。ナイフをなげるたびに見物する人々は自分の胸にナイフが突きささるような気がしてゾクッとするのでした。

サーカス小屋を出たときには、すでに午前零時もすぎた深夜です。

そのとき水吉は、

(白仮面があらわれたらどうしよう?)

なぜか胸がドキドキしてならないのでした。

それでも、父がすぐそばにいるし大準もいるんだから、と不安を面《おもて》に出さないようにしていたのです。

夜はいっそうふけてゆき、空は墨汁をそそいだように真っ暗な闇におおわれています。

針先ほどの星だけが空のかなたでまたたいていたのですが、いまはそれさえも見えません。

いま水吉親子と大準を乗せた車は奬忠壇《チャンチュンダン》公園から嘉會洞《カフェドン》に向かって走っています。奬忠壇公園の前には、なおも帰りの見物客がなごりをおしんでいたのですが、車が東大門《トンデムン》をすぎ、鍾路《チョンノ》へつうじる道路へさしかかったころには人影ひとつなく、くらい街角は死んだように寝静まっています。

「とうさん、とうさんは白仮面がこわくないの?」

だしぬけに水吉がききました。

「水吉はこわくなってきたのかな?」

姜博士は笑顔を向けます。

「ちがうよ。こわくなんかないんだけど」

水吉はつよがってみせました。そのとき、よこにすわっていた大準は袖《そで》をまくりあげながら、

「こわくなんかあるもんか！　白仮面が出てくりゃ、ぼくがつかまえてやる！」

そういって、コムドゥン［犬の名前］の頭を二、三度なでてやったのです。

ああ、ちょうどそのときでした。車が鍾路十字路から安国洞《アングクドン》へ曲がろうとしたその瞬間、

「アッ！」

とさけんで、運転手が急ブレーキをかけるではありませんか。

なっ、なんだいありゃ！　車の前方に前脚をたかだかと宙にうかせ、歯をむき出しにしていななく白馬を！　そして、うす気味悪い髑髏《どくろ》の仮面をかぶった馬上の白仮面を！

姜博士はとっさに水吉と大準をだきしめたのですが、電光石火の早わざで姜博士の胸に拳銃をねらいさだめたまま姜博士を馬に乗せ、暗闇の中を三清洞《サムチョンドン》方面へと走りさってしまいました。

運転手は全身をブルブルふるわせ、白仮面のうしろ姿をぼうぜんと見やるばかりです。

しかし水吉と大準のふたりは勇敢にも声を張りあげました。

「運転手さん！　あの白仮面のあとを追いかけてください！」

「そんなむちゃな！　追いかけたりなんかできませんや！」

最初はそういってしりごみしていた運転手も、お金ならいくらでも出すといわれ、ついには車をうごかし、白仮面のあとを追いかけはじめました。

三　追跡

おそるべき白仮面に父をつれさられた姜水吉《カンスギル》少年はふるえる声で、

「運転手さん！　あの白仮面の姿をのがさないように追いかけてください。はやく、はやく！」

と、せかします。

朴大準《パクテジュン》少年も血の気のうせたくちびるをブルブルふるわせながらも、

「運転手さん！　ぼくの貯金通帳に七円五十銭（現在の約一万円）たまってるんです。それを全部あげますから、もっとはやく、もっとはやく走らせて！」

と声をふりしぼってさけぶのでした。運転手は、

「そんなことといったって、もしも、白仮面がピストルで撃ってきたら、どうすんの。だから、近づきすぎるのはかえって危険なんですよ」

そんな返事をしながら、白仮面のうしろ姿を見うしなわないていどに速度をおとし、追跡をはじめます。

まっくらな道路に糸のようにのびる車のヘッドライト、その光の先に白仮面のまたがった白馬が尻尾をのばして矢のように走っていくのが見えました。

寝静まった街角に馬のひづめの音と車のエンジン音がそうぞうしくひびきます。

水吉と大準はいても立ってもいられない、とでもいうように腰をうかせたり、おろしたりしながら、

「とうさん！　とうさん！」

「姜《カン》先生！　姜先生！」

と、地団駄をふむほかなかったのです。

大準のふところでキャンキャンとはげしくほえるコムドゥンも主人の危険をかぎとったものか、両耳をピンと立て、カッと両目を見ひらいています。いっぽう、水吉のふところにだかれたハトはなにがなんだかチンプンカンプンとでもいうように赤い目をキョトンとさせるばかりです。

安国洞をすぎ、総督府をとおりすぎた白仮面は、三清洞《サムチョンドン》公園に向かって坂をあがっていきました。稲妻さながらの早駆けでとおざかっていく白仮面の白いうしろ姿が、街灯に照らされ、木の間がくれに目にうつります。

はじめはこわくてたまらなかった水吉と大準は、

「とうさんをたすけなくっちゃ！」

「姜先生をたすけなくっちゃ！」

一心にそう思いつめているうちに、ジワリジワリと勇気が湧《わ》いてくるのでした。

「絶対につかまえてやる。どんなことがあったって、あの悪党をのがしてたまるもんか！」

ふたりの少年はともに力づよくさけび、白仮面を追いかけていきます。とはいえ、西欧でもつかまえられなかったあの白仮面が、はたして水吉と大準のような少年につかまえられるものなのか、それはこの物語を最後まで読めばわかるでしょう。

こうして三清洞公園をぐるりとまわった白仮面は、こんどは嘉会洞《カフェドン》にぬける路地をとおり、ふたた

び目抜きの大どおりへ出ようとしています。

「いったい白仮面の家って、どこなのかな?」

水吉がそうつぶやくと、大準は、

「そうだね、てっきり山の中に住んでいるものとぼくは思ってたんだけど……」

と、なんだかみょうな気がして首をかしげました。

「白仮面が街中に住んでいたとしたら、警察の目にとまらないはずがないのに」

白仮面が昌慶苑《しょうけいえん》(一九一一年、昌慶宮内に博物館を建て、昌慶苑と改名した)から東小門《トンソムン》(恵化門の俗称)方面へまわり、さらに鍾路五丁目の十字路をへて東大門へ向かって走っているちょうどそのとき、

「タン!」

なにかが破裂したような音が夜の静寂《しじま》をやぶります。

水吉と大準は胸がドキンとしました。

「なんの音なの?」

ふたりの少年が大声をあげると、

「タイヤが破裂しちまったらしい」

運転手がこたえるのと同時にキーッと音を立てながら急に車はとまってしまい、姜博士を救いだそうと手に汗をにぎりながら白仮面を追跡していた水吉と大準はどれほどくやしがったことでしょうか。

運転手とふたりの少年は車からおり、懐中電灯でタイヤを照らしてみると、大きな押しピンのような釘《くぎ》が路上にちらばっていて、そのうちのいくつかがタイヤに突きささっていたのでした。

「白仮面のしわざだ!」

「ちがいない！　白仮面がばらまいた釘だ！」
白仮面による妨害であることはすぐにわかりました。かといって、どうすればいいのでしょうか。姜博士を乗せた白仮面の馬は暗やみの中、東大門に向かって飛鳥のごとく駆けていきます。そんな姿をぼうぜんと見おくるほかはない水吉と大準はくやしくてたまりません。地団駄をふんだとて、声をかぎりにさけんでみたとて、なんの足しになるでしょう。人影をさがそうにもさがせない深夜の二時なのです。

　大準少年は白仮面が消えた東大門をしばらく見やっていて、

「運転手さん！　いますぐ派出所へ行って、姜博士が白仮面にさらわれたことを知らせてください。そして水吉！」

　大準は水吉の手首をギュッとつかむと、興奮にふるえる声でさらにこういうのです。

「水吉！　きみはいつだったか劉《ユ》先生と街で出会ったことがあったよね？」

「あの劉不亂《ユブラン》先生のことかい？」

「そうそう、探偵小説家劉不亂先生のことさ」

「知ってるとも！　このあいだもラジオでおもしろい探偵物を放送してただろ？」

「そうそう！　その先生は太平《たいへい》通××番地に住んでいらっしゃるから、いますぐたずねていって今夜起こったことをくわしくお話しして、姜博士を白仮面の手からうばいかえしてほしいってたのんでくれよ！　おそろしい白仮面をつかまえられる人は、朝鮮じゃ劉不亂先生以外にはいないんだから」

「じゃ、大準、きみは？」

「コムドゥンについて白仮面を追っかけるよ」

「よし、わかった。気をつけるんだぞ！」

「ぼくのことなんか心配せずに、はやく行ってこいよ！」

こうして水吉と大準は力づよく握手をかわしたあと、わかれていきました。

四　劉不亂先生

劉不亂先生はまだ独身です。先生がどれほど才能ゆたかで、探偵の能力においても、なみはずれた力量の持ち主であるのかは、このまえ東京警視庁から報酬《かね》ならいくらでも出すから、こっちへ来て仕事をしてほしいという手紙を受けとったことだけみても想像がつくでしょう。

しかし、先生はじつのところ探偵の仕事をするよりも、ゆったり家に腰をおちつけて思うさま空想にふけりながら探偵小説を書くほうがたのしいので、その申し出をことわったのです。

先生はまたいたいけな少年少女をことのほかたいせつに思われて、かわいがりますので、近所の子どもたちで先生を知らない者は一人もいないといってもいいぐらいで、学校が休みの日になると先生は子どもたちを自分の家に集めて、洋の東西を問わず、おもしろい物語ならなんであれ話しきかせてやるのでした。

大準少年が劉不亂先生をよく知っているのもこういう事情があったからで、指おりかぞえて休日を待っていて、ときには朝ご飯もたべずに飛んでいくぐらいなのです。

水吉も一度劉先生に会っていたのです。いつだったか大準といっしょに鍾路のとおりをあるいていると、大準が、

「あの方が劉不亂先生だよ」

というので水吉が視線を振りむけると、背が高くて体格のよい紳士が近づいてきて、

「おや、大準くんか、べんきょうしてるかい？」

そういって大準の頭をなでるのでした。そのとき水吉もあいさつをしました。

「あの姜《カン》博士が水吉のとうさんなんです」

大準が劉先生に友だちを紹介すると、

「ほう、それはそれは！　姜博士にはなんどかお会いしたことがありますけども、りっぱなお方ですね。とおからず世界一の発明をなしとげられるでしょう。だから、水吉くんもおとうさんに負けないぐらい、しっかり勉強しなくっちゃ――」

そういって水吉の肩をトンとたたくのでした。

そんなことを思いだしながら、大準とわかれた水吉は、太平通にある劉不亂先生の家に向かっていっさんに走っていてふと気になったことは、家にいる母が自分たちが帰ってこないのでどれほど心配しながら待っているかということでした。

電話をかけようにも電話機がないことにはどうしようもありません。それで水吉は街灯がともっている、とある電柱の下へ駆けよって手帳を一枚ちぎりとり、その紙に鉛筆でつぎのとおり書きました。


おかあさま。おかあさまはいまぼくたちの帰りを待って、どれだけ心配していることでしょうか。それなのに、さらにもうひとつおかあさまを心配させる出来事を話さなくてはなりません。おかあさま、おどろかないでください。おとうさまはぼくたちとサーカス見物をおえて家に帰る途中、あのおそろしい白仮面にさらわれてしまいました。いま大準がコムドゥンのあとについて白仮面を追

いかけています。ぼくのほうは、おかあさまに話をした有名な探偵小説家劉不亂先生の家をたずねていこうとしているところです。おかあさま、なにも心配しないでください。劉先生はきっとおとうさまを救ってくださいます。

深夜二時半　水吉拝

こんなふうに、したためた紙切れを小さく折りかためて、糸でハトの足にゆわいつけたあと、水吉はハトの頭に自身の頰をこすりつけました。

「はやく行くんだ！」

と声をかけるや、真っ暗な空にハトをはなちました。

ハトは水吉の頭上を一度ぐるりとまわってから、嘉会洞《カフェドン》を目ざしてまっしぐらに飛んでいきます。

「劉不亂先生が家にいらっしゃりさえすれば……」

そんな思いを心のささえにして水吉少年はけんめいに駆けていきました。

太平通まで走ってきてからも、しばらくゆきつもどりつしたあとでようやく劉先生の家をさがしあてたのです。そして、いざたずねてみると、ああ、なんという間の悪さ。

劉不亂先生は三日前、どこかへ旅行に出かけていて留守だったのでした。いつ帰ってこられるのかもわからないというのです。

やきもきする気持ちをしずめようとしながらも、どうしたらよいのかわからずぼうぜんと立っている水吉少年に、劉先生宅の家政婦がみょうな手紙を一通さしだしながら、おぼっちゃん、この手紙、どこからきたものか、ちょっと見てくださいな。今夜とどいたものなんですけども」

そんなことをたのまれるままに水吉は力なくその手紙を受けとって差出人の名前に目をとおしていたところ、

「アッ！　白仮面！　白仮面からの手紙だ！」

思わず大声をあげました。

家政婦も仰天し、

「マッ、白仮面ですって……？」

とブルブルふるえながら、

「はやく封を切ってくだされ！　先生はもしかして白仮面につかまってしまったんじゃ……ああ、おっかない！」

それで水吉はふるえる指で封筒のはしをちぎりとり、中身の紙をひろげてみました。

手紙にはこんなおそろしい文言が書かれていたのです。


劉不亂！　おまえが有名な探偵小説家であり、また朝鮮随一《ずいいち》の名探偵とも聞いている。

しかし、劉不亂！　あらかじめおまえにいっておくが、万一おれがやろうとしていることをほんのわずかでも邪魔立てしようものなら、おまえの命を亡き者にしてやるぜ。命がおしけりゃ、おれのやることに手出ししないことだ。

――白仮面より

ああ、劉不亂先生にこんな物騒《ぶっそう》な脅迫状をおくりつけた白仮面とは、いったい何者なのか？　白仮面はどんな理由でとうさんをつれさったのか？　そして、白仮面のあとを追っていった大準はどうなったのか……。

こうした疑問がつぎからつぎへと湧いてきて、水吉少年はとほうにくれるのでした。

五　秘密手帖

白仮面からとどいた物騒な脅迫状を読みおえた水吉は、とっさにどうしてよいか判断がつきかねてしばしぼうぜんとしていたものの、

（いけない！　こんなにこわがってばかりいる場合なんかじゃない！　白仮面をつかまえなくっちゃ！　とうさんを救いださなくっちゃ！）

そう胸のうちで思いなおした水吉は、ビクビクおびえてばかりいる家政婦に、

「ぼくはこの脅迫状をもって、いますぐ警察署へ行きますから、先生が帰ってこられたら、ぼくのとうさんが、あのおそろしい白仮面につれさられたとつたえてください！」

そういうと、家政婦はさらにおどろいて、

「エッ、あの姜博士が、ですか？　なんてこと――」

そんな声をあとにしながら、水吉はいきおいよく門をあけ、とおりへ飛びだしていきました。

ひろいとおりへ出たところで、水吉は警察署まで行く必要のないことがわかりました。なぜならば、道路にはあちこちの曲がり角ごとにアリ一匹、いや水一滴もれ出るすきもなく、制服警官、私服姿の刑事らが厳重に警戒していたからです。たぶん、さっきタクシーの運転手が派出所へ行って、白仮面が姜博士をさらっていったと通報したからなのでしょう。

「だれだ？」

大声を出し、巡査が水吉の腕をギュッとつかみました。

「姜水吉です」

水吉は自分が当の、白仮面につれさられた姜博士の息子であることと、父がどんなふうに白仮面にとらわれていったのかをくわしく話したあと、白仮面から劉不亂先生におくってきた手紙をさしだしました。

巡査は手紙に目をとおしたとたん、

「オッ、白仮面……？」

と、たまげて目をまるくし、あわてて上司に手紙を見せにいったあと、水吉を嘉会洞《カフェドン》の家までつれていってくれたのです。

こうして、水吉が家に帰ってきたときには、いつしか東の空は白んでいました。

水吉がハトの足首にゆわえておくった電文を見た水吉の母は、どれほど心配したことでしょうか。いっすいもできずに待っていた息子水吉の声が門の外から聞こえてくるなり、

「ああ！　水吉や、帰ってきたんだね。とうさんは？……とうさんは？」

涙まじりの声で、そうたずねました。

母のかなしむようすを見ていると、水吉もはりつめていた気がゆるみ、いままでこらえていたかなしみが胸いっぱいにひろがってあふれ出ようとするのを、すんでのことでおさえ、くわしいいきさつを母に話しきかせたあと、母の手をつかんで、

「かあさん！　なにも心配しないで。ぼくがきっと、とうさんを救いだしてみせるから。ああ！　劉

先生さえ家にいらっしゃればいいのに！」

水吉はフーッとふかくため息をつき、

「それはそうと、かあさん、大準はまだ帰ってきてないの？」

「まだなのよ。どうかしたの？」

「うまくいったのかな。白仮面につかまったんじゃ――」

ちょうどそのときでした。正門がカチャリとあく音がし、コムドゥンのあとから大準が見るからにくたびれた面持《おもも》ちではいってきたのです。

水吉はむかえに出ていきながら、

「大準！　どうなったんだい？」

と、張りつめた声でききました。

大準はゆっくりとかぶりを振りながら、

「白仮面をむざむざ逃がしてしまった！　コムドゥンが白仮面のにおいをちゃんとかぐことができていなかったし、姜先生のにおいも消えてしまったらしいんだ」

「それで？」

「あれから東大門まで追っかけはしたんだけど、東大門からどっちへ行ったのかってことなんだけど……そのまま清涼里《チョンニャンニ》へ逃げたのか、京城グラウンドから奨忠壇《チャンチュンダン》のほうへまわっていったのか、とんとわからないんだ」

「それで、どこへ行ったの？」

「だから、しばらくもたもたしてたんだけど、どうかんがえても白仮面のかくれがはどこかの山の中にあるんだろうから、そのまままっすぐ清涼里へ行ってみたんだけど影もかたちも見えないんだからね……どこかにいるはずだろ？　白仮面が街のどまん中にかくれたりするだろうか？」

「でも、知ってるよね？　ニューヨークでもつかまらなかったし、ロンドンでもつかまらなかった、おそろしい盗賊なんだから。それに変装がとびきりうまくって、名うての探偵だってまんまとだまされるというじゃないか」

「それじゃ、白仮面は街中にかくれているとかんがえるわけなんだな？」

「そのとおり！　きみはそうは思わないのか？」

「ウン！　白仮面は山の中にかくれがあるんだと思うよ。北岳山《ブガクサン》、仁王山《イナンサン》、北漢山《ブカンサン》、南山《ナムサン》……そんなところにひそんでいると思うんだ」

「ちがう！　白仮面は京城の街中にいるんだよ！」

「ちがうよ！　白仮面は山の中にかくれているんだ！」

「それじゃ、かけようか？」

「いいとも、かけようじゃないか！」

こうして、大準と水吉は指切りをしてかたく約束したのです。

みなさん！　みなさんはどう思われますか？　大準が勝つか、水吉が勝つか？　白仮面が山の中にひそんでいるとかんがえるか、京城の街中にひそんでいるとかんがえるか……？

それはともかく、そのとき大準が、

「あ、劉先生はいらっしゃった？」

と、ききながらも、急になにかを思いだしたのか、洋服のポケットに手をいれました。そして、水

吉が劉不亂先生はいま旅行中で家にいなかったことと、白仮面から物騒な脅迫状がおくられてきたことを話すと大準は、

「エッ、いらっしゃらなかったの？」

ひどくがっかりした顔になりながらも、洋服のポケットから大きな手帖を取りだしました。

その表紙は黒皮でつくられていて、すこぶる貴重な品物らしく表紙には金箔で、

秘密手帖

と印字されています。

水吉はひと目見て、それが自分の父のものであることに気づき、

「どこで見つけたの？」

と、たずねました。

「東大門へ向かう途中の道におちていたのをコムドゥンがくわえてきたんだけど、たぶん姜先生が白仮面につれさられていくときに、この秘密手帖をうばわれないようにわざと路上におとしていったんだろうね。これ見て！」

大準が手帖の最初のページをひらいて水吉に見せました。そこにはつぎのような文言が鉛筆で走り書きされていたのです。

この秘密手帖をひろった人は、どなたであれ、いっこくもはやく太平通の劉不亂氏にわたしてく

ださい！

姜永済

六　脅迫状

水吉はこれですべてが読めました。白仮面がなぜ父をさらっていったのか、その理由がわかったのです。白仮面は姜博士を殺そうとしているのではないし、お金をうばうためでもありません。そのねらいはただ一つ、この秘密手帖をうばうために姜博士をつれさっていったのです。

ならば、あのおそろしい白仮面がうばおうとしているこの秘密手帖には、いったいどんな価値があるというのでしょう？　姜博士がみずからの命よりもたいせつだとみなしている、この秘密手帖にはなにが書いてあり、いかなる秘密があるというのでしょう？

しかし、その秘密を知っている者は世界ひろしといえども、姜博士自身と劉不亂先生――このふたりしかいないのです。水吉と大準にも、それがなんであり、どれほど重要なものなのか、とんと見当もつきません。

水吉と大準はなんどもくりかえし、その秘密手帖をひろげてみるのですが、そこには文字が一字も書かれていない白紙のページしかないのです。

ああ！　こんな白紙の手帖がどうしてそれほど重要なんだろう？

「劉先生がいらっしゃりさえすれば、なにもかもはっきりするんだけど！　劉先生はいったいどこへ行かれたんだろう？　白仮面が一番おそれているのは劉先生なのに！」

水吉と大準は地団駄をふみながら、手帖をひらいたり、とじたりするのでした。

しかし彼らにも、その秘密手帖は、いま姜博士が黄海《ファンヘ》沿岸部にあるどこかの研究所で開発中のかつてない発明品にかんする秘密書類に関係していることだけはおぼろげにも察しがついたので、劉不亂先生が旅行から帰ってくる日までたいせつに保管しておかなくてならないことに思いいたり、それならそれをどこにかくせばいいのか話しあった結果、書斎にあるテーブルの引出しにいれ、カギをかけておくことにしたのです。

街頭では白仮面がついに姜博士をつれさったという号外の配布を知らせる鐘の音が、静かな朝の空気を切りさくようにけたたましくひびいています。

警官と新聞記者が何人もやってきて、大準と水吉に白仮面のことをくわしくきいてきます。そんなわけでふたりの少年はすっかりくたびれたのですが、朝飯をすませると、風呂敷づつみをこわきにかかえて学校へ行きました。ところが、午後になって学校から家に帰ってきた水吉と大準は、さらにまた仰天せずにはいられなかったのです。

水吉の母と大準の母は、息子たちが帰ってくるのを待ちかまえていて、

「おかえり！　たいへんだわよ！　白仮面が、あのおそろしい白仮面が今夜うちに来るんだって！」

「どうしたらいいの！　こまったわ！」

いずれの母もうろたえ、それぞれに息子をだきしめながら、ブルブルふるえているばかりです。

この突拍子もない知らせを聞いたとたん、水吉と大準もギクリとし、

「エッ、白仮面がうちの家に来るって？」

半信半疑でたずねると、

「これを見てみなさい！」

そういって水吉の母は速達郵便物を取りだしました。

それは白仮面が姜水吉少年に宛てて出した手紙で、

今夜きっかり十二時に、おまえがもっている秘密手帖をうばいに行くからそのつもりでいろ！

それで、その秘密手帖がたしかにおれの手にはいれば、姜博士は無事におくりかえしてやる。

白仮面

こんな内容の手紙でした。今夜きっかり十二時に、秘密手帖をうばいに白仮面が水吉の家に来る！

ああ、なんと大胆不敵なやつなんだ、犯行の日時までこともなげにいってのけるとは！

白仮面は自分が来ると決めた時刻には一分一秒もたがわずにやってきて、うばっていくと予告したものはなんであれ、うばっていくだけの能力があることはみなさんもよくご存じでしょう。ならば、どうすればよいのか？　ああ！　父が大事なのか、秘密手帖が大事なのか？　父を救おうとするならば秘密手帖をうしなわないといけないし、秘密手帖をうばわれまいとすれば、そのかわりに父をとりもどすことができなくなるというのだから、なんとなやましいことなのか！

むろん、水吉と大準のいずれの母子《おやこ》も、たとえ秘密手帖をうしなったとしても姜博士を白仮面の手から救いだしたかったのです。ならば姜博士自身はどうかんがえているのでしょう？　姜博士は秘密手帖を自分の命よりも大事だとみなして、それを白仮面にうばわれないようにと機転をきかせたのではありませんか！　姜博士も救いだし、秘密手帖もうばわれないようにする方法はないのでしょうか？

「劉不亂先生さえいらっしゃるなら……」

ふたりの少年は、またもやなげきました。

しかし、いつまでもなげいている場合じゃない、とにかく警察の手をかりなければならないとかんがえた彼らは、すぐに××警察署へ電話をかけたのです。

警察署からは数十人の警官がすぐに駆けつけてくれました。

こうして水吉の家はネズミ一匹はいりこむ隙《すき》もなく、警官たちにぐるりと取りかこまれたのです。どの警官も腰にサーベルをさげ、手には実弾いりの拳銃をにぎりしめながら目を光らせています。

そのとき大準は、

「よし！　この手があるぞ！」

と、ひとりごとを声に出し、

「そうだ！　姜博士も救いだし、秘密手帖もうばわれないですむ手があるぞ！　いくら白仮面が変装の名人だといっても……フン！　このぼくが白仮面にいっぱい食わせてやるんだ！」

そして、大準少年はそそくさと街へ出かけていき、一時間ぐらいたってからもどってきました。家に帰ってから水吉にもだまって自分ひとりだけで他人の目をさけ、こっそり書斎にはいっていって、しばらくしてから出てきたのです。すると、なにがうれしいのかニンマリしました。みなさん！　大準がどんな詭計《はかりごと》を思いついたのか、わかりますか？

いつしか日はしずみ、周囲は黒々とした帳《とばり》におおわれていきます。八時！　九時！　九時半！　十時！　時計はやすむことなく予告時刻の十二時に向かってチクタク、チクタクと進んでいくではないですか。

あと二時間もすれば、あのおそろしい白仮面があらわれるというのです。白仮面はきっかり十二時に水吉の家にやってくると予告してきています。しかし、数十人の警官がそれぞれに拳銃をもって厳重に警戒しているこんなところへ、はたして白仮面はあらわれるのか、あらわれないのか？　白仮面とて鬼神ではなく人間である以上、いったいどうやってあらわれ、どこからはいりこんで、あの書斎のテーブルの引出しの中にしまってある秘密書類をうばっていくというのでしょう？

しかし、みなさん！　夢にもわすれてはなりません。白仮面はひとたび予告したものはなんであれ、うばいとってしまうことをわすれてはなりません。

七　恐怖

姜博士をつれさっていった白仮面がこんどは嘉会洞《カフェドン》の姜博士の自宅へ秘密手帖をうばいにやってくるといううわさが、あたかも羽でもはえたかのようにみるみる京城の市街地にひろがっていくなり、とおりには人の足音がプッツリとだえてしまい、乗客のいないガランとした路面電車だけが、鍾路十字路をそうぞうしく往き来するばかりでした。

夜はしだいにふけていきます。人々は門をしっかりと閉ざし、子どもばかりか大人でも一歩も外へ出ることはできません。こわがるあまり厠《かわや》にも行けず、おまるで用を足した子どもも多かったといいます。

さもありなん。あのおそろしい髑髏《どくろ》の仮面をかぶった白仮面が、不意に自分の目の前にあらわれるかもしれないのですから。

ところで、いま嘉会洞《カフェドン》の姜水吉少年の家では白仮面がいつやって来るのかと、だれもがかわいた唾《つば》をゴクリと飲みこむほどに神経を高ぶらせています。門の外と庭では警官が警戒にあたり、書斎では水吉と大準、そして警察署から来た任《イム》警部――この三人が秘密手帖をしまってある大きなテーブルをかこんですわっています。

いま書斎の壁の掛け時計がボーン、ボーンと十一時をつげました。あと一時間もすれば白仮面がやってくるというのです。

「来たところで、どうしようもなかろうが！　いくら白仮面だといったって、これだけ大勢の者が警戒にあたっているんだから――」

任警部は余裕しゃくしゃくの顔を水吉と大準に向けました。

「でも、白仮面は来るっていえば、かならず来るんでしょ」

ふたりの少年がそういうと、任警部は手にした拳銃をかるく振って見せながら、

「心配なんかしなくていいさ！　白仮面がやってくりゃ、こいつを一発ぶっぱなしてやるから心配なんぞいらんよ！」

自信たっぷりにそういいました。それでも内心不安でたまらないのか、まるい目で室内をキョロキョロ見まわすのでした。

しかし、室内にはなんの変化もありません。本がぎっしりならんだ書棚以外にはなにも見るべきものがないのです。

十一時十分になりました。

十一時二十分になりました。

そして、時計の針が十一時三十分をさしたちょうどそのときです。

一台の車が嘉会洞の小路をすべるように走ってくると、いく人もの警官が警戒にあたっている水吉の家の前でブルンという音をのこして停車するではないですか。

車がとまるなり、門前を見張っていた警官たちはいっせいに六連発の拳銃でねらいをつけ、

「だれだ？」

と、とがめるような大声をあげ、ぐるりと車を取りかこみました。しかし、灯りを消した車内からはなんの返事もなく、ただ人の息づかいがかすかに聞こえてくるばかりなのです。

「だれなんだ？」

もう一度、問いつめたとき、

「だれって、きまってるだろ。白仮面だ！」

その声に警官たちはたまげてしまい、

「アッ！」

と、とっさに腰を引かずにはいられませんでした。

するとそのとき、車内の灯りがピカッとともり、

「ハッハッハッハ、ハッハッハッハッハ……」

吹きだして笑う声が聞こえてくるのでした。

「だれだって？」

いま一度、誰何《すいか》し、警官たちが車に近づいていくと、

「だれって、知らないのか？　このぼくを！　ハッハッハッハ……」

そういわれて目をこらして見ると、その人物は朝鮮の名探偵劉不亂先生だったのです。

「あ、劉先生！」

警官たちは気ぬけしたようにあんぐりと口をあけ、目をまるくするばかりです。

「バカみたいに、どうしてポカンとしてるんだね？　ウン？」

劉不亂先生はいつも黒めがねをかけ、八字《はちじ》ひげをきれいにのばしています。いまも先生は指で八字

ひげをなでながら、ニッコリするのでした。

「いや、そんなにおどかさないでくださいよ。先生もお人が悪いですな――」

子どもじみたいたずらにあきれてしまったのか、警官たちもハッハと笑うのでした。

劉不亂先生は大きなトランクをさげて運転席からおり、車内の灯りを消してから、警官のあとについて書斎へはいっていきました。車は先生の自家用車です。

書斎に足をふみいれるなり、水吉と大準は、

「あ、先生！　旅行からいつもどられたんです？」

そういって、はやる心をおさえられず、すっくと椅子から立ちあがりました。

「ちょうどいま帰ってきたところなんだ。それはともかく、水吉くん！　心配でたまらないだろう！　おとうさんが白仮面につれさられただなんて。でも、なにも心配なんていらないよ。ぼくがきみのおとうさんを救いだしてあげるから」

そんなになぐさめのことばを口にしながら、水吉と大準の頭をなでてやるのでした。

「ところで任警部！　白仮面のかくれがはどこか、まだつかめていないのですか？」

「まるきりわからないんだ。劉先生がもどってこられるのを待っていたぐらいなんだからね」

「ウム！」

劉不亂先生はやおら椅子に腰かけ、

「それはともかく、今夜十二時にあの白仮面が秘密手帖とやらをうばいにくるんだって、さっき小耳にはさんだんだけど、それはほんとうなんですか？」

「ええ、そのとおりなんです！」

任警部は大準少年が白紙の秘密手帖を路上でひろったいきさつについてくわしく話しました。

劉不亂先生は耳をかたむけて聴いていたところ、

「ウン、そうだったのか！　じっさい、白仮面ってのはおそろしい野郎だ。来るといえば、かならず来るし、うばっていくといえば、きっかり予告した時刻にうばっていってしまうんだからな。だから今夜だって、十二時になりさえすりゃ、白仮面が秘密手帖をうばっていくんだろう、きっと！」

そういって、室内をぐるりと見まわします。

「だけど、こんなに何人もの人間が見張っているというのに、どうやってはいってくるんだね」

任警部がとうてい信じられないとでもいうように劉不亂先生を見つめました。

「だから白仮面がおそろしいのさ。人が多いからって、はいってこられないのなら、なにもおそれることなんてないんだがね。とにかく待ってみよう！　十二時きっかりに白仮面はやってくるんだろうから」

「それじゃ、劉先生でも白仮面がこわいんですね」

「そりゃあそうさ。白仮面は神業《かみわざ》のつかい手なんだから」

水吉と大準はブルッと身をふるわせました。自分たちがあんなにも信じていた劉不亂先生さえも、こんなに白仮面をおそれるばかりか、白仮面のなみはずれた能力をみとめるぐらいなのだから、白仮面がどれほどおそろしいやつなのか、あらためてふたりの少年たちの背筋を凍《こお》りつかせたのでしょう。

「先生にも白仮面が脅迫状をおくりつけてきたんですよ。白仮面のすることに邪魔立てすれば殺してしまうって」

水吉が声を高めていいました。

「エッ、ぼくに脅迫状をおくりつけてきたって？　ぼくを殺すって？」

そうききかえす劉不亂先生の顔にはじんわりと恐怖の色がひろがっていきます。

時刻は十一時四十五分！

劉不亂先生の顔色は、さながら紙のように白くなってしまいました。

八　夜十二時

そのとき、大準少年はさっき自分がどんな詭計《はかりごと》を思いついたのか劉不亂先生に話そうとして、

「先生！　あのですね、姜先生も救いだし、秘密手帖もうばわれずにすむうまい手があるんです。それはですね……」

と、つづきを口にしようとしたちょうどそのとき、

「大準、水吉！」

水吉の母がドアの外から大声でよびかけてきたため、大準はことばをとぎらせてしまったのです。

「どうしたんです？」

水吉と大準が同時にきくと、

「もうすぐ十二時よ、あなたたちはかあさんの部屋にはいっていなさい。白仮面につれていかれたら、どうするの？　さあ、はやくなにをグズグズしてるの」

せっつかれるあまり、水吉と大準はそのあとすぐに母の居間へはいってしまいました。

もしそのとき、大準少年が自分の思いついた詭計《はかりごと》を劉不亂先生に話していたとしたら、結果はうんと悪くなっていたことでしょう。なぜそんなことがいえるのか？　それはいまここで話をしなくとも、しだいにおわかりになるでしょう。

ふたりの少年は母の居間へはいり、息をひそめて白仮面があらわれるのを待っていました。劉不亂先生さえもあんなにおそれるぐらいだから、姜博士を救いだすことなど、とうていのぞめそうもないような気がして不安でしかたがありません。

いま書斎では任警部と劉不亂先生が向かいあってすわっています。

「ところで秘密手帖とやらはどこにおいてあるんです？」

劉不亂先生がそうたずねると、

「このテーブルの引出しにはいっているんですよ。それなんですがね、手帖の最初のページに、この手帖をひろった者はどなたであれ、劉先生にとどけてほしいって書かれていましてね」

そういうと任警部は引出しのカギをあけ、秘密手帖のはいった小箱を取りだしてテーブルの上におきました。

それで劉不亂先生は小箱のふたをあけ、秘密手帖をひらいてみると、たしかにそれはすでにのべたとおり、なんの文字も書かれていない白紙の手帖なのです。

「ウン！　この白紙の手帖がそれほど貴重だというんだね！　ウム！」

そういって手帖を小箱にもどし、

「だけど、もう十一時五十分になってるのに、白仮面はまだやってこないってわけか」

そんなつぶやきをもらしたところ、任警部は、

「どうやって来るんだね？　大口をたたいてみたところでどうにもできんだろう」

「そうと決まったわけでもないでしょう。まだあと十分ありますよ」

「いままで気配すらなかった白仮面が十分後にやってこられますかな、どうやって……もう五十五分

ですよ」

任警部はやおら椅子から腰を上げると窓をあけ、くらい外を見おろした。視界にあるものといえば、庭にも警官、塀の外にも警官――白仮面が家にはいってくるとしたって、いったいどこから侵入できるというのか?

まさにそのとき！　正門の外で車のエンジンのとまる音がブルンと聞こえてきたかと思うと、

「だれだ、だれだ?」

いきりたつ警官たちの声が聞こえてきます。

母の居間でよこになっていた水吉と大準は、

「白仮面だ！　白仮面が来たんだな！」

そういうと目をカッと見ひらき、危険だからじっとしていなさいという母の声には耳をかさず、胸をドキドキさせながらも門の外へ駆けだしていったのです。

駆けつけてみると、ああ！　これはいったい夢かうつつか?

正門の外ではそれこそ、夢を見ているのか、現実の光景なのか、とんと見当もつかない、なんともきみょうな出来事が起こっていたのです。

みなさん、ごらんなさい！　いま車からおりてくる、八字《はちじ》ひげをはやし、黒めがねをかけ、大きなトランクをさげた紳士をとくとごらんなさい！

「劉不亂先生だ！」

水吉と大準はそうさけびました。

ああ！　この世に劉不亂先生がふたりもいるわけがないのに、いったいこれはどういうことなのか、なにかわけでも？　どちらが本物の劉不亂先生で、どちらが偽物の劉不亂先生なのか？

そのとき、二番目にあらわれた劉不亂先生は、口をポカンとあけてつっ立っている警官たちをかきわけて水吉と大準の前までやってきて、

「大準くん！　きみはぼくが正真正銘の劉不亂であることを証明できるね。きみはだれよりもぼくのことをよく知ってるんだから。それに水吉くん！　なにも心配なんていらないよ。白仮面をつかまえてやるからね。金剛山まで旅行に出かけていたもんでね、たったいま帰ってきたばかりなんだ」

しかし、水吉と大準はどちらが本物の劉不亂先生なのか、判断がつきかねてぼんやり相手を見つめるばかりでした。

そうするうち、警官のひとりが、

「それなら、部屋にはいってふたりを対面させればわかるはずだ！」

と提案し、水吉と大準は二番目に来た劉不亂先生を書斎へ案内したのです。

書斎のドアをあけて中にはいっていくと、劉不亂先生にそっくりのふたりが向きあいながら、しばしたがいに相手をにらみつけるのでした。なんともきみょうな光景ですが、その一方で見る者にじんわりと恐怖をよびさまします。

水吉と大準はぞっとして身のふるえをおぼえずにはいられませんでした。

そんな最中《さなか》、はじめに来た劉不亂先生が、あとから来た劉不亂先生に向かってどなり声をあげました。

「白仮面はそいつだ！　そいつが小箱の中の秘密手帖をうばおうと、ぼくとそっくりに変装してやってきたんだ！　さあ、はやくそいつを逮捕してください！　はやく、いますぐ！」

そういわれるがままに警官たちは、あとからやってきた劉不亂先生をつかまえようと、いっせいに押しよせました。

「ち、ちがうんだ！　きみたち、白仮面はあいつなんだ！　いまきみたちがここでぼくをうごけなくしてしまったら、あのおそろしい白仮面を永遠に逃がしてしまうんだぞ！」

大声でそういいながら、あとから来た劉不亂先生は必死になってつかまらないように部屋の中をぐるぐる逃げまわります。逃げまわりながらも、

「大準くん！　ぼくのいうとおりにするんだ！　秘密手帖をいますぐかくすんだ！」

それを聞くなり、はじめに来た劉不亂先生はやにわに秘密手帖のはいった小箱をつかみとり、よこに立ったままでいる水吉の洋服のポケットにその小箱をねじこみながら、

「水吉！　きみはこれをもってすぐに出ていきなさい！　白仮面はあいつだ！　あいつが白仮面なんだぞ！」

そういわれて水吉はなにがなんだかわからないまま、手帖のはいった小箱をポケットの上からギュッと押さえ、あたふたと書斎を飛びだして母の居間へはいり、ふとんにもぐりこんだのです。

そうするうちにも、書斎からなおも、

「あいつが白仮面だ！」

「ちがう！　白仮面はあいつだ！」

そんなやりとりがくりかえし聞こえてくるし、窓ガラスのわれる音、テーブルがひっくりかえる音と同時に警官らの声がますます騒々しくなっていきます。

そのとき、任警部が大音声《だいおんじょう》で、

「ふたりともつかまえろ!」

と命じました。ところが、任警部が声を張りあげるなり、警官たちの、

「アッ!」

と、おどろく声がいっせいに聞こえてくるのです。そのとき書斎でなにが起こったのか、居間にいる水吉少年にはまるきり見当もつきませんでした。

そのとき、水吉がドアのすき間からそっとのぞき見ると、ああ! それはあまりにもおそろしい光景だったのです。

「ウワッ! 白仮面だ!」

水吉はそうさけぶなり、ポケットにいれた手帖の小箱をギュッとにぎりしめ、母のふところに飛びこみました。

みなさん! 水吉少年はドアのすき間からいったいなにを見たのでしょう?……見るからに無気味な髑髏《どくろ》の仮面をかぶり、白いマントをはおった、あの凶悪《きょうあく》な白仮面が書斎のドアをそろりとあけ、暗い廊下へすっと出てくるところを見たのです。

そのとき、どこからか十二時の時報がボーン、ボーンと聞こえてきます。

「待てよ?」

水吉は十二時の時報を聞いた瞬間、ふとポケットにいれてある手帖の小箱を取りだして、あけてみました。

ああ! なんという不思議! おかしなことがあるものだ!

ついさっきまで箱にはいっていた秘密手帖は影もかたちもありません。

九　暗黒地獄

ああ！　はたせるかな、十二時になるやいなや、あの凶悪な白仮面は予告したとおり秘密手帖をうばいとってしまったのだ！

水吉はからっぽの箱をなげすて、母のふところからついと身をおこすと、ふたたびドアのすき間をのぞいて見ました。

書斎のドアをあけ、暗い廊下へすっと出ていった白仮面はチラッ、チラッとふりかえりながら、裏口に向かって走りさっていくところです。

（でも、書斎にいる警官たちはだれひとり出てこないけど？　どうして、さわいでばかりなの？　劉不亂先生、任警部、それに大準、みんないったいなにをやってるんだろう……？）

はたして書斎では、

「白仮面だ！」

「白仮面をつかまえろ！」

「はじめに来た劉不亂が白仮面だ！」

そんな声がいりまじってそうぞうしく聞こえてくるばかりなのです。

その声を聞きわけるなり水吉少年は、

「エッ、はじめに来た劉不亂先生？……あ、そうだったのか？……」

と大声を出し、母の手を振りほどいて書斎へ飛びこんでみると、ああ！　なんというありさまなのか？

劉不亂先生をはじめ、どの警官もみな両手で目をこすりあっちへ行ったり、こっちへ行ったり、たがいにひたいをぶつけあう者、壁にひたいをうちつけてたおれる者――それはなにかの物語に出てくる暗黒地獄さながらの光景だったのです。

水吉は劉不亂先生のそばへかけより、

「劉先生！　白仮面はついさっき、裏門のほうへ逃げていきました」

と早口に知らせたところ、劉先生は、

「そうか……それなら水吉くん！　はやくぼくの手をつかみたまえ！　よし、白仮面のあとを追うんだ！　さあ、いそいで……」

そのころようやく、正門の外と庭で警戒にあたっていた警官たちがさわぎに気づき、いっせいに書斎へと殺到してきたのです。

「どうしたんです？」

「白仮面はどこに？」

そういって飛びこんでくる警官たちに向かい、劉不亂先生は、

「きみたちは正門からはいってきたから、白仮面には出くわさなかったろう。白仮面はついさっき、裏門から逃げていったよ。ところで、白仮面が乗ってきた車はどこにとめてる？」

「正門の外にとめていますが」

「それなら、いまごろ白仮面は裏門を出て、正門へ向かって走っているにちがいない！」

おりしも、正門の外で車のエンジン音がそうぞうしく聞こえてきました。

「アッ！　白仮面だな！　正門の外に警官はいないのか？」

「ひとりもいません。みんな、こっちへ……」

「エッ、ひとりもいないって？　すぐに追いかけるんだ！」

「エイッ！」

と、気力をふるいたたせて駆けだす警官たちのあとを、劉先生は一方の手で目をこすり、もう一方の手で水吉の手にすがりながら、ついていきました。

そのとき、先頭を走っていた警官がサッと手をあげ、

「アッ！　うごきだしたあの車がそうじゃないか！」

大声を出したので水吉が目を向けると、暗い車内に白仮面の白い影がチラリと見えるではありませんか。

「はやく車に！　ぶっ飛ばして追いかけろ！」

劉先生がつよい口調でいいました。

こうして劉先生と水吉、それに警官たちを乗せた車は、暗くて、せまい嘉会洞《カフェドン》の小路を猛スピードで走りだしたのです。

「もっとはやく！　このままじゃ、グングン引きはなされていってしまう――」

事実、白仮面が乗った車は飛行機よりもはやいと思えるほどに飛ばしていました。

嘉会洞の小路をとおりぬけたとき、劉先生はしばらく両目をこすってから、

「もうだいじょうぶ！」

パチッと両目をあけました。

「先生、いったいなにがあったんです？　どうしてみんな目があけられなくなったんです？」

水吉がそうたずねると、劉先生は、

「ウム！」

いささか憤慨《ふんがい》した口調で、

「警官らがぼくのいうことをきかないから。ぼくがどこかの地方へ旅行中だと聞いた白仮面はぼくとそっくりに変装し、いかにも旅行から帰ったばかりであるかのようにトランクをさげてやってきたんだな。しかし、運悪く本物の劉不亂が突然あらわれたものだから、さぞかしやつはおどろいたろうが……もちろんうまく化けてはいたんだがね、とにかく任警部がぼくのいうとおりにしてくれてさえいたら……、だのに任警部がふたりともつかまえてしまえって命じたとき、いきなり、やつがトウガラシの粉をまいたってわけだ」

「あ、それでみんな目が見えなくなったんですね」

白仮面が乗った車はいま、安国洞《アングクドン》にはいり、鍾路の大どおりに向かって走っています。追われる白仮面と追いかける劉不亂、二台の車の間隔はおよそ百メートル！

「あ、先生、白仮面の車から拳銃が！」

水吉がさけぶと同時に、

「タン、タン、タン」

寝静まった夜の街にひびく銃声——。

そのとき、警官のひとりが拳銃を抜きだして白仮面にねらいをさだめたところ、劉先生はその警官の手首をギュッとつかみ、

「だめだ！　白仮面を殺しちゃならん。生け捕りにしなけりゃ！」

と制止しました。

二台の車の間隔はしだいにちぢまっていきます。百メートルから九十メートル、九十メートルから八十メートル――車間距離がちぢまっていくにつれ、

「今日こそ白仮面がつかまるぞ！　劉先生があのおそろしい白仮面をつかまえるんだ！」

水吉少年の胸は興奮で高鳴っていきます。

そのとき、劉不亂先生は、

「で、あの秘密手帖は……？」

と、たずねました。水吉もそれでようやく思いだし、

「あ、先生！　あれはからっぽの箱で……」

と途中でことばをとぎらせてしまいます。

「エッ、からっぽの箱？……ウム！」

「あのとき先生は大準にはやく秘密手帖をかくすようにおっしゃいましたね？　そのときにはもう手帖はなくなっていて、箱の中はからっぽだったみたいなんです」

「ウム、やつは自分が白仮面じゃないと思わせるために、手帖の箱をきみのポケットにいれたんだな。ウウム、からっぽの箱とは！」

「そうしておいて、あいつはトウガラシの粉《こな》をまいたあとで、さげてきたトランクから白仮面の衣裳

を取りだしてまとい、ゆうゆうと……」

「ウム、なんとしてでも、秘密手帖をうばいかえさなきゃならん！　姜博士が自分の命よりも大事だとみなしている、あの秘密手帖を！」

十　屋上の怪人

鍾路《チョンノ》の十字路に出た白仮面は東大門に向かってまっしぐらに走っていきます。

東大門まで進んだところ、こんどは右にカーブし、奨忠壇《チャンチュンダン》公園にやってきたサーカス団のテントのそばから、濃い闇におおわれた南山公園へとあがっていくのです。

水吉少年はこわさもなんのその、勇気をふるいたたせていました。

「劉先生がそばにいるのにこわがったりなんかするもんか。今日こそ、とうさんのうらみをはらしてやる！」

水吉がよこ目に見ると、劉先生はまばたきひとつせず、前を走る車を穴のあくほど見つめています。

「タン、タン、タン――」

白仮面が放《はな》つ銃声は寝静まった南山一帯にそうぞうしくひびきます。

「ねえ、先生、白仮面のかくれ家はいったいどこなんです？　どんなところにかくれているんで、他人の目につかないんです？」

と水吉がききました。

「大準はどこかの山の中にひそんでいるっていうんですけど、いくらかんがえても、ぼくは街中のどこか人目につかないところにかくれていると思うんです。先生はどう思われますか？」

「もちろん街中にいるとも！」

「そうなんですか？　先生もそう思われるんですね？……ああ、ぼくが勝った、勝ったぞ！」

「なんに勝ったの？」

「大準とかけをしたんです」

「かけ、って？」

「大準は山にいるほうにかけ、ぼくは街中にいるほうにかけ――。それなら、街のどのへんにいるんです？」

「まだそこまではいえないよ。もうすこし、しらべてみないと……。でも、そこ以外にかんがえられはしないんだがね。きっとそうだ！　十中八九、そこにかくれているはずだ！」

「そこ、ですって？　先生」

しかし、つぎのことばを待つ間はありません。白仮面の車はいま、南山公園をぐるっとまわって大神宮（当時の京城神社。一九一六年に京城神社と改称されるまで南山大神宮と称されていた）の前をとおりすぎ、南大門どおりに向かって猛スピードで坂道をくだっていくではありませんか。水吉らの乗った車が大神宮前まで来たとき、白仮面はほとんど坂の下まで進んでいました。

「車がこわれようが、なにしようが、目いっぱい飛ばすんだ！」

劉先生が狂ったように声を張りあげたとき、白仮面の車は左に急カーブし、闇夜におぼろにうかぶ南大門にすいこまれていくのが、ほのかな街灯のあかりにうつっています。

「崇礼門《スンネムン》（南大門の正式名）どおりにはいったぞ！　白仮面の姿を見のがすな！」

飛ぶように坂道をくだっていった水吉らの乗った車は、いきおいあまって急カーブすることができず、崇礼門の右側にある朝鮮新聞社の前でぐるりとまわって前方に目をやると、白仮面の車はすでにセブランス病院の前を飛ぶように走っていくのでした。

大どおりのあちこちで警戒にあたっていた警官たちが、

「ワッ！」

と、おどろきの声をあげながら追いかけていきます。

白仮面の車は事実、制御不能におちいってしまったかのようなのです。なぜなら、車は路面電車停留所の安全地帯をさけようともせず、真正面からぶちあたって一メートル近くも空中にはねあがってしまったからです。どこまでも一直線に走りつづけていくのです。

そのときでした。だれもが口をポカンとあけて白仮面の車を目で追いながら、

「ア、ア、ア、アッ！」

と、いっせいにさけばずにはいられない光景が見られたのです。

それは――ああ！　前方になにがあろうとも一直線に猛スピードで走りつづけていた白仮面の車は、ついに京城駅玄関のコンクリート壁にガツンと激突し、ひっくりかえったのでした。

水吉少年はこのおそるべき光景を目の当たりにして、ブルッと身をふるわせました。白仮面のからだはこなごなになってしまったものと思われたからです。

しかし、その瞬間、劉先生はものすごい剣幕《けんまく》でつぎのようにさけんだのです。どうしたというのでしょう？

「車を引きかえさせろ！　はやく引きかえすんだ！」

セブランス病院の前まで来ていた車は、この劉先生の有無をいわせぬ指図により、キーッとUター

ンしました。そして、南大門に向かい、ふたたび猛スピードで――。

「どういうことなんです?」

警官のひとりがそうたずねると、劉先生は目の前に近づいてくる黒い崇礼門を穴のあくほど見つめながら、

「からっぽの車だ!」

と、つぶやきました。

「エッ、からっぽの車ですって?」

水吉のみならず警官のだれもが、目をまるくしておどろかずにはいられませんでした。

「それじゃ、白仮面はどこへ……?」

「運転手のいない車はまっすぐ前にしか進めないよね。白仮面の車がカーブしたのはどこだったかな? 大神宮前の坂道をくだって崇礼門にはいったときまで、白仮面は車の中にいたんだ」

「それなら……?」

「てことは、白仮面が車からおりたのは、崇礼門とセブランス病院のあいだだ。セブランス病院前の安全地帯で白仮面の車は一メートル近くもはねあがっただろ。運転手がいないからだよ」

「それなら、どこでおりたんです?」

「もちろん、崇礼門どおりを走っているときにだよ!」

劉先生はまるでその瞬間をはっきり見たかのように自信たっぷりにいいました。そのとき、

「ストップ!」

劉先生が大声をあげました。崇礼門のまん前です。

「みんなおりて、白仮面をさがそう！　大どおりには警官が見張っているから、この近くにかくれているに決まってる。崇礼門を中心に百メートル以内の四方をさがそう！　それ以上はさがしても無駄だ！」

そして、警官隊は崇礼門を中心にあちらこちらとアリ一匹見のがさないほど徹底的にさがしてみたものの、白仮面の姿はあとかたもなく消えてしまったのです。

そのとき、水吉少年の目にきみょうな人影がチラッとうつりました。なにかと思えば、それは崇礼門の屋根の下、蔦《つた》におおわれた左右にのびる石塀《いしべい》にべったり張りついたまま人影がうごいているのです。

「劉先生、あれはなんでしょう？」

水吉少年は劉先生の袖《そで》をそっと引き、声を殺してそうたずねたときでした。だれかわからないけれど、警官のひとりが、

「アッ！　白仮面！　白仮面が屋根の下の蔦の中を這《は》ってるぞ！」

と、さけぶなり、ほかの警官もみな大声をあげました。

「白仮面だ！　白仮面だ！」

「アッ！　白仮面が屋根にあがっていくぞ！」

「アッ！　白仮面が拳銃を向けてきた！」

まいたつもりがしくじったことに気づいた白仮面は南大門の屋根にあがり、拳銃を振りあげ魔神さながら、漆黒《しっこく》の夜空を背景にどうどうと姿をあらわすのでした。そして、足の下に小さく見える警官たちをあざわらうかのように見まわすのです。

ああ、なんというおそろしい、無気味な光景でしょうか……。

髑髏の仮面をかぶり、いま南大門の屋根の上を気でもちがったかのようにあるきまわる白仮面は笑っているようでもあり、泣いているようでもありました。

十一　拳銃対決

見たまえ！　墨をそそいだようにまっ黒な虚空にそびえる南大門の屋根の上をむやみにゆきつもどりつする進退きわまった白仮面の影を見たまえ！　空にのぼろうとしてもつばさのない白仮面、地上におりようとしてもぞくぞくと駆けつける警官の一隊が待ちかまえているのです。

ああ！　いくら人なみ外れた能力をもった白仮面といえども、この絶体絶命の危機からいったいどうやってのがれようというのでしょう。

「白仮面も一巻の終わりだ！」

「西洋でもつかまらなかった白仮面が朝鮮でつかまるんだな！」

あちこちから動員された警官の数はしだいに増えていき、南大門はいまやネズミ一匹這い出るすきもなく警官たちによって包囲されています。

しかし、だれひとり屋根にあがって白仮面をつかまえようとする者はいません。ときおり、これ見よがしに左右に銃口を振りむける白仮面の拳銃がこわいからです。むろん、警官だって拳銃をもっていないわけではないのですが、できることなら白仮面を生け捕りにしたいがために、むやみに射撃するわけにもいかず、警官たちは口をポカンとあけたまま、屋根の上の白仮面をながめるばかりでした。

そのころになって、ようやく、暗黒地獄からのがれ出た大準少年と任警部や警官らを乗せた車が走ってきました。

車がとまるなり、任警部が飛びおりざま、

「ほう！　いよいよさすがの白仮面もにっちもさっちもいかなくなっちまったな！」

と大声を出し、劉不亂先生にこうたずねました。

「どうして白仮面をほっておくんだ？　いまや袋のネズミじゃないのかね？」

しかし、劉先生は口をつぐんだまま屋根を見あげるばかりでしたが、ニッコリ笑いながらこんなふうにこたえたのです。

「つかまえられるものなら、つかまえてみなさいな。ぼくはここで見物させてもらうから！」

「つかまえられないって、逃げられるわけがなかろうに？」

任警部の鼻息は荒い。そして部下に向かって声を張りあげました。

「諸君！　諸君の中に、あの白仮面をつかまえてやろうっていう勇敢な者はいないのか？」

さりとて警官たちはたがいに顔を見合わせ、もじもじするばかりで返事をする者はだれひとりいません。

水吉と大準は、

「ぼくが屋根にあがって、つかまえてやります」

サッと手をあげてそういいたいと思ったのもつかの間、つぎの瞬間、それがどれほど軽はずみな行動であるかをさとったのでした。力もよわく、拳銃のあつかい方も知らないぼくたち、ぼくらがもし銃もつかえて、力もつよい大人だったら、だれよりも先に屋根にあがって、あの凶悪《きょうあく》な白仮面とどうどうとわたりあってやるんだけど、と思いながら、高鳴る胸をおさえるのでした。

そのとき、警官隊の中から、

「わたしが屋根にあがります!」

と勇ましく声をあげながら、立ちつくす警官たちを押しのけるようにして任警部の前まで出てくる者がいたのです。

同僚の中でも、なかんずく勇敢で空手三段、剣道二段の金部長でした。

ところが、劉先生はそのとき、

「任警部、よしたほうがよくはないですか? むなしく人を死なせる必要はないと思いますがね。部長が屋根にあがれば、当然、白仮面は撃ってくるでしょう。そう、はやらずに持久戦にもちこんで白仮面とたたかうほかにないでしょう。いまはまだうごかず、夜が明けるのを待ったほうがいい」

しかし、任警部は劉先生のいさめのことばにも、いっかな耳をかそうともせず、むしろ自分の意向を制止しようとする劉先生に不快感をいだきながら、とうとう屋根にあがるよう、金部長に命じたのです。

それでしかたなく劉先生は、壁によじのぼろうとする金部長に、

「万一、身の危険を感じたら白仮面を撃て! ただし、相手の足を撃つんだ!」

と助言をあたえました。

水吉と大準はたがいに腕を組み、これから起こるおそろしい光景を思いうかべ、ブルッと身をふるわせるのでした。

勇敢な金部長は、はたして白仮面をとらえることができるのでしょうか? それとも逆に白仮面に殺されてしまうのでしょうか?

金部長はいま、ジワリジワリと石塀にへばりついてのぼっているところです。石塀をおおう蔦の合間を這いあがっていく姿が街灯のあかりにぼんやりとうかがえます。

ところで、白仮面のほうはどうかというと、自分をつかまえようと金部長が屋根にあがってこようとしているのを知っているのか知らないのか、動物園の檻《おり》の中の獅子さながらに屋根の上を行ったり来たりしながら周囲に目を走らせては、ときおり立ったまますはるか地上の警官隊を見おろすのでした。

金部長は蔦の密生した石塀をそろりと這いあがっていくかとみるや、真っ暗な高楼《こうろう》の屋根裏へとするりとはいっていきました。

ああ、白仮面の胸中やいかに? 自分がいま立っている屋根の裏へ金部長がしのびこんだことに気づいているのか、いないのか?……知っているようでもあり、知らないふうでもありました。

水吉は大準少年としっかり身をよせあって、街灯のあかりでほの白く光る屋根の上に目をこらしながら、フーッと大きく息をはきました。ちょうどそのとき、大準はハッと息をのみました。

見よ! 屋根裏の右はしから飛鳥のように屋根にとび乗った金部長の勇姿を見よ!

そして、さらに見よ! 屋根の左はしからじっと地上を見おろしていた白仮面がクルリと向きを変える、おそるべき光景を見よ!

たがいに銃口を相手に向けて向きあっているのだ。

一歩、二歩とたがいの距離をちぢめていく金部長と白仮面!

どちらが先に拳銃を撃つのか!

だれもが息をつめて見まもるのでした。

十二　銃撃された白仮面

水吉と大準はどちらが先に拳銃を撃つのか固唾《かたず》をのんで見まもっていたのですが、銃声は一発しか聞こえてはきませんでした。

ほの白くうかぶ高楼の屋根の両側から、白仮面と金部長はたがいに銃口を相手に向けたまま、いっかなうごこうとはしないのです。かといって、なんの不思議もありません。金部長はできることなら白仮面を生け捕りにしたいという肚《はら》づもりがあって撃つのをためらっているのでしょうし、白仮面とてこれまで、できれば人を殺さずに自分の目的をなしとげようとしてきたからです。

さいぜん水吉の家の書斎でも、白仮面がその気なら、目の見えなくなった劉不亂先生を銃で撃ち殺す機会はいくらもあったのではないでしょうか？　さらにこの前、白仮面は劉先生におそろしい脅迫状をおくりつけ、万一、自分の計画を妨害するなら容赦なく殺してやると宣言したのではなかったでしょうか？　にもかかわらず、白仮面は劉先生を殺さないでいることを思いおこせば、彼はけっして人の血を見てよろこぶ極悪非道な強盗殺人鬼の類《たぐい》ではないようです。

そのとき、高い屋根の上から金部長の凛々《りり》しい声が聞こえてきました。

「白仮面！　おれたちは男だ！　拳銃を捨てて、おれと素手で勝負する勇気はないのか？」

しかし、白仮面からの返事はありません。

「白仮面！　勇気があるなら銃を捨てろ！」

なおも返事はありません。

「白仮面！　勇気はあるのか、ないのか！」

三度目に問いかけたとき、白仮面はにぎっていた拳銃を暗い屋根の下へ、ポンとなげすてました。

電車の軌道上におちていったのでしょう、かわいた金属音がカチンとひびきます。

その瞬間、大準少年と水吉少年は全身にゾクゾクするような緊張をおぼえるのでした。それはけっしてこわさからくる身ぶるいではありません。男らしい勇気、大胆不敵なふるまいを目の当たりにすることによる、得もいわれぬ快感だったのです。

「わあ、かっこいい！」

大準少年は思わずそういって水吉の手をギュッとつかんでゆさぶりました。

「ウン！　勇敢だな！」

水吉少年も感嘆せずにはいられませんでした。自分の父をむりやりつれさった、にくくてならない相手だったとはいえ、その一方では、これほどの窮地におちいっても、あれだけの勇気がある白仮面をうらやむ気持ちもあったのです。

つぎの瞬間、白仮面は屋根の上で腹ばいになりました。そしてその姿勢のまま、

「銃を捨てろ！」

と、さけんだのに、聞いているのかいないのか、金部長はいっかな応じようとはしません。

ふたりの間隔はジワリジワリとちぢまっていきます。そのとき、屋根の左側に腹ばっていた白仮面がやにわに身をおこすなり金部長に飛びかかっていったかと思うと、ふたりのからだは見あげる南大

門の屋根の上をあっちへすべり、こっちへすべり、一歩踏みあやまれば……ああ、それは想像するだけでも目の前がくらくらするおそろしい光景です。

警官たちはだれもが空を見あげて、

「金部長！　金部長！」

と声をかぎりにさけびます。

そうするうちにも、白仮面と金部長のたがいにからまりあったふたつのからだは、屋根の上から軒《のき》端《ば》へところげていきます。

「金部長！　金部長！」

と声をからして応援していた警官たちもかわいた唾《つば》をゴクリとのみこみます。

ふたりのからだはもうほとんど屋根の縁《へり》にまでたっしています。ふたりの足が、四つの足が軒端からずりおちて暗い虚空でブラブラゆれています。

そのとき、白仮面と金部長はたがいに身の危険を感じたものか、すんでのことで、からまりあったふたつのからだがサッとはなれました。まっ先に白仮面が身をおこし、屋根に立ちあがったのです。金部長もつづきます。

屋根の左側へ駆けだした白仮面はつぎの瞬間、すっとからだを折りまげて屋根裏へすべりこんでいくやいなや、金部長もあとを追って屋根裏へとおりていきました。屋根裏はかすかなあかりさえなくなにも見えませんが、なにやらたがいにどなる声、あちこち駆けまわる足音が聞こえてくるところからみて、白仮面と金部長は真っ暗闇の空間ではげしくあらそっているのにちがいなさそうです。

そのとき屋根裏で、

「タン！」

一発の銃声が鳴りひびきました。そのとたん、任警部は部下に向かって、

「諸君！　みんな屋根裏へあがって白仮面をひっとらえるんだ！」

大音声でそう命じると、警官一同はどっと石塀の下へ集まった。

アリの群れさながらにゾロゾロ石塀を這いあがっていく警官たち。

こうして、警官の大半が屋根裏の入り口付近にまでたっしたときでした。

左側の屋根裏から白仮面の白っぽい姿がスッとあらわれたかとみるや、気力をつかいはたしてしまったものか、這うようにしてふたたび屋根にあがり、足を引きずりながら屋根のてっぺんに向かって数歩進んだところで力がつきたのか、バッタリたおれてしまったのです。

そんな光景を目の当たりにした警官たちは、

「アッ、白仮面がたおれたぞ！」

「ついに白仮面をとらえるんだな！」

それぞれに興奮した声をあげながら、先をあらそってさらに石塀を這いあがっていきます。

そのとき、暗い屋根裏から金部長が拳銃をにぎった手を突きだして上に向けながら、

「白仮面の足は折れている！　はやく屋根に、はやく屋根にあがるんだ！」

息切れしたような声でそうさけぶと、数十人の警官隊はみなが屋根にあがっていきました。

先頭に立っているのは任警部……。しかし、彼は力つきてたおれた白仮面に向かって足をいそがせたものの、はたと立ちどまってしまいます。

「はたして白仮面は死んでいるのか、生きているのか？……死んだふりをしていて、不意にわしらに

おそいかかろうとしているんじゃなかろうか？」

そうして、はやる心と警戒心がないまぜになった警官隊は、それぞれに拳銃をかまえながら、大きな円をえがくように白仮面をとりかこみました。

一歩、二歩、三歩……円はしだいに小さくなっていきます。いくつもの懐中電灯のあかりが、たおれた白仮面に雨のようにふりそそぎます。そのとき警官のひとりが、

「あ、血だ、血だ」

と、さけびました。

ああ、はたして太ももから噴《ふ》きでる鮮血が白仮面の白いマントを真っ赤にそめていくではありませんか！

それでも警官たちには駆けよる勇気まではありません。

（足が折れていたって死んじゃいまい）

ならば、死んではいない白仮面はいまなにをかんがえているのか。どんな手をつかって、この絶体絶命の窮地からのがれるつもりなのでしょうか。

円はさらにちぢまっていきます。円周と円の中心がぶつかる瞬間、あのおそろしい白仮面の正体はついに白日のもとにさらされるのです！

ああ、いま目の前にたおれている白仮面とは、いったいどういう素性《すじょう》の者なのか。

十三　仮面をはぎとれ

ああ、白仮面の運命も風前の灯《ともしび》となりました。世界中でおそれるものとてなく、みずから立てた計画をゆうゆうと実行にうつしていった白仮面とはいえ、見よ！　すき間なく取りかこんだ警官隊の壁をどうやって突破するというのでしょう！

あまつさえ足に銃創をおい、力なくたおれているではありませんか！　はたして白仮面は死んでいるのか、生きているのか？　死んでいるようでもあり、生きているようでもありました。

任警部はそのとき、もてるかぎりの勇気をふるいおこし、拳銃をかまえたまま白仮面のそばまで進み、

「白仮面！　生きているのか？」

と大声でよびかけたのですが、死んだようにたおれている白仮面からはなんの反応もありません。ただ見るからにおどろおどろしい髑髏の仮面だけが、四方からふりそそぐ懐中電灯の光の中で口を半びらきにしているだけなのです。

「白仮面！　生きているのか？」

もう一度、よびかけたちょうどそのときでした。

警官たちは仰天するあまり思わず、

「ウワッ、ウワッ！」

と、さけびながらあとずさるのです。

見よ！　銃で撃たれ、死んだようにうつぶせになっていた白仮面は、

「ウウン――」

一度ふかくうめいたかとみるや、つと頭をもたげるなり任警部の足をギュッとつかんだものですから、任警部のおどろきたるや、いかばかりであったでしょう。

「な、なにをする？」

うろたえてさけんだ任警部は、とっさににぎっていた拳銃を白仮面の頭に突きつけると同時に引き金を引いたのです。

「タン！」

漆黒の夜空を切りさいて、とおくまでひびきわたっていく金属音！

白仮面はしがみついていた任警部の両足をパッとはなすと、あおむけにたおれながら両手を虚空に向けていくどか、にぎったりひらいたりするのでした。

頭から泉のようにドクドク湧きでる鮮血！

ああ、とうとう白仮面は死んだのだ！　引きしぼった弓弦《ゆづる》のように張りつめていた人々の胸のうちは一瞬、からっぽになったかのようでした。

そうするうちにも、生け捕りにしなくちゃならない白仮面を任警部は殺してしまったという非難が、あちこちから聞こえてはくるのですが、いつまでもつっ立っているわけにもいきませんし、白仮面とはいったいどんなやつなのかという好奇心もあり、任警部のそばにいた警官のひとりが、ついに白仮

面のマントを引っぱがし、髑髏の仮面をグイッとはいだのです。

仮面をはぐなり、思いっきり首をのばしてのぞきこんでいた警官たちはただ、

「アッ！」

と、仰天せずにはいられません。意外にもその顔は白仮面ではなく、血まみれの金部長だったからなのです。

「いったいどういうことなんだ！」

「金部長！　金部長じゃないか！」

「猿ぐつわをかまされていたんだな！」

「白仮面はどこへ行った？」

警官たちは口々にそういわずにはいられませんでした。

ああ、なんという不思議な力の持ち主なんだ、白仮面は！　鬼神さながらの妖術じゃないか！

瞬時、だれもが白仮面に憎しみをおぼえるよりも、大胆にも魔術師なみのトリックをつかって窮地を脱する白仮面の手なみのあざやかさにうならされるのでした。

それればかりか、白仮面はそれまで世間で思われていたものとはちがった印象を人々にあたえたのです。なぜならこれまで白仮面といえば、おそろしい強盗殺人鬼の類《たぐい》だとだれもが思いこんでいたのですが、じっさいはそうでもないようで、人を殺す機会はいくらもあったのに一人も殺していないことから、見る目が変わってきたのです。

白仮面はいったいどこへ行ったのでしょうか。

「あ、そうか！」

そのとき、警官のひとりが大声を出しました。

「さっき暗い屋根裏のはしっこから拳銃を振りまわして、白仮面の足を撃ったから、一刻もはやく屋根にあがれとせかしたのは金部長じゃなく白仮面のやつだったんだな！」

「そうだ！　そうだ！」

「ウン、やつが白仮面だったんだ！」

と、任警部がその状況を思い描いてみた。

「さっき白仮面と金部長が真っ暗な屋根裏へはいっていったとき、白仮面は金部長の拳銃をうばい、金部長の足を撃った。そして、相手の口にさるぐつわをかませたあと、自分の服とマント、それに髑髏の仮面を金部長の身にまとわせやがったんだな。そのうえで拳銃を突きつけながら屋根にあがらせたんだ！」

「そうだ！　そうだ！」

「だとしたら白仮面はまだ屋根裏にかくれているはずだ！」

「すぐに屋根裏をさがしてみよう！」

「ウン、屋根裏へおりていこう！」

こうして警官はだれもが闘志をよみがえらせて、つぎつぎとおりていきました。

任警部はひとりのこってなおも血がながれ出ている金部長の頭をさすってはみるのですが、すでにこと切れたあとでした。

白仮面が撃ったのは足で、任警部が撃ったのは頭だったのだから、金部長を殺したのはまぎれもなく任警部自身だったのです。ああ、なんという過ちを犯してしまったのか。

思うに、金部長はさるぐつわをかまされていたため、自分は白仮面じゃないとつげることもできず、そのうえ足が傷ついていて立ちあがる気力もなく任警部の足をつかんだところ、そんなこととはつゆ知らず任警部はとっさに撃ってしまったのです。

(ああ、おれのヘマで一番勇敢だった部下を死なせてしまったんだな!)

そのときふと、部下を無駄死にさせないようにといっていた劉不亂先生のことばが思いおこされ、いっそう悔やまれるのでした。しかし、いつまでもそうしているわけにもいかず、任警部は金部長の口からさるぐつわをはずそうとするのですが、素手ではとうていはずせそうにありません。

それは馬につかわれるような鉄製のさるぐつわで、口とうなじをしっかりしめつけて、小さなカギがかかっていたためです。

(して、屋根裏へおりていった警官らはどうだったろう?)

部下のうごきが気になってきたちょうどそのとき、警官のひとりがあたふたとまた屋根にあがってきて、

「警部さん! 白仮面はあとかたもなく消えさっていました。たぶん、われわれがワッと屋根にあがったさいに下へおりたもようです」

そう報告すると任警部はただ、

「ウム!」

と、うなるばかりで返事をしませんでした。

そうして、彼らは金部長の亡骸《なきがら》をやっとのことで下までおろしたところ、ああ! 劉不亂先生はどこへ行ったのでしょう? 大準少年もいないし、水吉少年の姿も見えないじゃありませんか?

十四　大準の詭計《はかりごと》

ところで、大準と水吉、それに劉不亂先生はどうしたというのでしょうか。

任警部と警官たちが南大門の屋根の上で白仮面を逮捕しようと躍起になっているあいだに、大準少年は劉不亂先生につぎのようなおどろくべき事実をつげました。

「先生、先生はほんとうに秘密手帖が、白仮面にうばわれたと思っていらっしゃるんですか?」

だしぬけに大準少年が劉先生につよい視線をなげかけて、そんなことをたずねたのです。

「それじゃ、うばわれなかったとでも?」

劉先生はまさか、とでもいうように目を見ひらきました。

「先生、秘密手帖はここにあります!」

大準少年は洋服のポケットから手帖を取りだし、劉先生にさしだしたのです。劉先生も水吉少年もおどろかずにはいられませんでした。

「いったい、どういうことなんだい?」

よく見ると、それはまぎれもなく姜博士の秘密手帖で、最初のページに書かれている文句――この秘密手帖をひろった者は、どなたであれ、いっこくもはやく太平通の劉不亂氏にわたしてください――という筆跡も姜博士のものにちがいありません。

「てことは、いま白仮面が手にしている手帖は……？」

劉先生と水吉少年はにわかには信じられなくて、そうききました。

「にせ物の手帖なんです！」

大準少年は満面に笑みをひろげます。

「エッ、にせ物？」

「ええ、白仮面がもっているのはにせ物で、これが本物です！」

読者のみなさん、みなさんはいつか大準少年が、

（姜博士も救いだし、秘密手帖もうばわれないですむ手があるぞ！）

と、ひとりごとをつぶやきながら街中へ飛びだしていき、一時間ぐらいたってからもどってきたことをおぼえているでしょう。

そのとき大準少年はどんな詭計《はかりごと》を思いついたのでしょう？――彼は街中へ飛びだし、文房具店まで駆けていき、姜博士の秘密手帖とそっくり同じ物を一つ買ってから、製本所をたずねていきました。そこで「秘密手帖」という金文字を印刷してもらい、手帖の最初のページに姜博士の筆跡をまねて、「この秘密手帖をひろった者は、どなたであれ、いっこくもはやく太平通の劉不亂氏にわたしてください！」という伝言を書いたのです。

そうしておいて、朴大準少年は家に駆けもどり、だれにも知られずに書斎の引出しにある本物の秘密手帖と取りかえたというわけで、いくら白仮面といえども、こんなにもあざやかな大準少年の詭計に気づくわけもなかったでしょう。

「でも先生、あやういところだったんです。白仮面がさっき先生とそっくりに変装してやってきたと

き、ぼくはそうとは知らず、手帖を取りかえたことをしゃべってしまうところだったんですから。そのとき水吉のおかあさんがぼくたちを居間によばなかったとしたら……」

「ウム、大準くん。きみのはたらきで、この秘密手帖をうばわれずにすんだわけだ！　大準くんの思いつきがすばらしかった、ってことだね！」

劉不亂先生は秘密手帖を受けとると、大準少年の肩をトンとたたいた。

「この秘密手帖さえぼくらの手もとにあれば安心だ。今日、うちに帰って、この秘密手帖になにが書いてあるのかしらべてみよう！」

「でも、うちのとうさんはいまどこにいるんでしょう？」

水吉少年が心配そうにききました。

「ウム、姜博士はまだ無事だ。白仮面はけっして姜博士を殺したりなんかしない。どうしてかっていうと、ぼくたちは白仮面を見あやまっていたんだ。白仮面は人殺しを楽しむような輩《やから》じゃない」

「そうなんですか」

「心配なんかしなくていい。姜博士はいまどこかにとじこめられているだけなんだから、身の危険は少しもないんだよ」

それは、屋根の上で任警部以下、何人もの警官が銃で撃たれた白仮面を取りまいて、一歩、二歩と輪をちぢめているちょうどそのときのことでした。

ひとりの警官が蔦《つた》のからまる、暗い石塀を這いおりてくると劉不亂先生に向かい、

「白仮面はいま、屋根の上で警官に包囲されています。こんなものを屋根の上でひろいました」

と声をかけてきて、劉不亂先生に紙切れを手わたしたのです。

そこにはつぎのようなみじかい伝言が書かれていました。

劉不亂くん、もう一度いっておくが、たのむからぼくの邪魔をしないでくれ！　さもなくば、きみの命はあやうくなろう。これはきみへの二度目の警告だ。

白仮面

「白仮面からだ」

「エッ、白仮面？」

大準と水吉がおどろいて声を高めたとき、

「さっきの警官はどこにいる？」

と劉不亂先生が大声を出したのですが、その紙切れをもってきたあやしい人物はあとかたもなく消えてしまっていました。

「あいつが白仮面だ！」

「エッ、あの警官が白仮面ですって？」

「そうなんだ！　やつが金部長の足を撃ち、服を取りかえておりてきたのにちがいない。いま屋根の上でたおれているのは白仮面じゃなく金部長だ！」

ああ、おそろしいまでに大胆不敵な白仮面よ！　名探偵劉不亂先生さえ、まんまとだましおおせるのだから、尋常ならざる能力の持ち主なのでしょう。

「ウム！　いっぱい食わされたな！」

劉不亂先生の顔一面には悔しさがありありとうかんでいました。

「白仮面よ、よくもだましてくれたな！　ウム、おかえしをしてやろうじゃないか！」

そのとき、屋根の上から、

「白仮面が逃げたぞ！　金部長が死んだ！」

と、さわぎ声が聞こえてきたのですが、劉先生はふたりの少年をつれて朝鮮銀行の前まで全力で駆けていきました。

みなさん！　ごらんなさい！　いま郵便局前の広場をよこぎって、チラッチラッと振りむきながら本町通へ向かって駆けていく警官のうしろ姿をごらんなさい！

「あいつだ！　あいつが白仮面だ！」

劉先生はふたりの少年に声をひそめていいます。

「いいかい、大準、水吉くん！　きみたちふたりはあの白仮面を見うしなわないようにあとをつけるんだ！」

「先生は？」

「ぼくは一刻もはやく家に帰って、この秘密手帖になにが書いてあるのかしらべてみなくちゃならない。それでもし、危険にさらされたら、この水吉くんの伝書バトを飛ばすんだよ！」

「はい、それじゃ先生、ぼくたちはなんとしてでも、あの白仮面のかくれ家をつきとめてやります！」

「ウム、よし！　それじゃ水吉くん！　大準くん！　くれぐれも用心して白仮面にさとられないようにしないといけないよ！」

「先生もはやく家に帰って秘密手帖をしらべてください」

こうして、ふたりの少年と劉不亂先生はわかれました。

大準と水吉はそれぞれコムドゥンとハトをつれて警官に変装した白仮面のあとをつけるのですが、はたしてふたりの少年は無事にもどって来られるのでしょうか？　そして、秘密手帖にはいったいなにが書かれているのでしょう？

十五　朴之龍《パクチヨン》

劉不亂先生とわかれた大準少年と水吉少年は警官になりすました白仮面のあとを追って、本町通へはいっていきました。白仮面は本物の警官さながら、だれはばかることなくゆうゆうとあるきつづけていてふと足をとめたかと思うと、とおりのわきにある公衆電話ボックスにスッとはいっていくではありませんか。

「おや、やつはどこかへ電話をかけるつもりだな」

「それじゃ、こっそりあの電話ボックスの裏へまわってぬすみきいてやろうか?」

「よし、それがいい」

それで、大準と水吉はネズミをとらえようとするネコのように足音をしのばせて、たったいま白仮面がはいっていった電話ボックスの裏へひそんで耳をすますのでした。

大準はキャンキャンほえようとするコムドゥンの口をギュッと手で押さえつづけます。水吉のハトはふところの中で、まるい目を飼い主の顔に向けています。

そのとき、電話をかける白仮面の声がかすかに聞こえてきました。

「もしもし、東亜ホテルかね?　至急、支配人と話がしたいんだがね。××警察署の者なんだが、――あ、支配人かね?　いま、そちらのホテルに泊まってる客の中で、まだ外出したままの者はいないかね？　エッ、しらべてみないとわからない？　じゃ、すぐにしらべてみてくれないか……なに、八号室の客がまだもどっちゃいない？　その客の名前は朴之龍《パクチヨン》っていうんだな。食事の前に乗馬倶楽部へ行ったきり、まだもどっていないって！――そりゃそうと、いま、そちらのホテルに奨忠壇《チャンチュンダン》公園でサーカスをやってる一座の人たちが泊まっていないかね？……やはり、それでみなホテル内にいるんだね？　なに？　九号室と十号室の客がまだ外出中だって！　九号室にいる中国人――あ、あのナイフなげの中国人だな、それに……十号室にいる……あ、あの空中ブランコ乗りのロシア人と英国人もいない！　出ていったのは夜中の一時、ウム、ウム、……サーカスから帰ってきてから、エッ？……白仮面が南大門の屋根にあがったといううわさを聞いて、見物に行ったというんだな、ウム！よくわかった。ちょいとみょうな事件が起こったものでね。すぐに警官をひとりそちらに行かせるから、その警官の指示にしたがってくれたまえ……」

　白仮面は電話を切り、しばらくためらうようなそぶりを見せたものの、そそくさと電話ボックスを出ていきました。そして左手にある路地をぬけ、黄金町《こがねちょう》にある東亜ホテルへ向かってあるきはじめたのです。

　水吉と大準は不思議でなりません。いったい白仮面は東亜ホテルへ行ってどうするつもりなんだろう？　××警察署からだと思わせて電話をかけた。そして白仮面みずからが××警察署の警官のふりをしてホテルにはいろうとしているんじゃないか？……そんなことをかんがえながら、ふたりの少年は勇敢にも白仮面のあとをどこまでも追っていくのでした。

　しかし、大準少年はそんなことよりも、なんともみょうな事実に気づき、ブルッと身をふるわせました。

それは、たったいま、白仮面が電話で口にしたパクチヨンという名前——東亜ホテルの八号室に宿泊しているパクチヨン！　食事の前に乗馬倶楽部へ行ったきり、まだもどってきていないというパクチヨン——。

「パクチヨン！　朴之龍」

と、胸の高ぶりをおさえきれずに、そっと声に出してみました。ああ、それはわすれようにもわすれられない名前なのです。朝な夕な、大準少年がなつかしんできた名前、おさなく感じやすい心の奥ふかくにしまっていた名前、くっきりときざみこまれた名前！

（朴之龍、朴之龍！　おお、おとうさん！　朝な夕な、こいしくてたまらなかった、おとうさん！　貿易の仕事で外国へ行き、インドのセイロン島付近で海賊におそわれて亡くなったという、おとうさんの名前がどうして出てくるんだ！）

その瞬間、大準少年の脳裏には白仮面もなければ姜博士もなく、秘密手帖もありませんでした。おとうさんのことで頭がいっぱいです。まずしいくらしの中で、母とふたりで毎日のようになつかしんできたおとうさん！

（そうだ！　おとうさんが家を出たのはぼくが四歳のときだから、あれからもう十年になるんだな！　十年ものあいだ、どこでなにをしてたんだろう？……いま東亜ホテルに宿泊中のパクチヨンっていう名前の人は、はたしてぼくのおとうさんなんだろうか……？）

大準少年は、この夢のような事実をいっこくもはやく家に帰って母に話したくてたまりません。しかし水吉がけげんな面もちで、

「パクチヨンっていう人、知ってるの？」

そうきいたとき、大準は、

「いや、なんでもないよ」

ときめく胸をグッとおさえつけました。そして心の中で、

(東亜ホテル八号室、東亜ホテル八号室!)

と、さけびつづけるのでした。

そうするうちにも白仮面は黄金町の電車道をわたり、大どおりの向こうに見える東亜ホテルの前で足を止めるではありませんか。東亜ホテルは京城でも一流の部類にはいるホテルで、大きなつくりの正門前に街灯がぽつんとほのかな光をはなっています。

白仮面はしばらくためらうそぶりを見せたかと思うと、ずいと前に進み、正門を押しあけてホテルにはいっていきました。

「水吉、いますぐ公衆電話で劉不亂先生に電話をかけてくれ。白仮面が東亜ホテルにはいっていったって――」

大準がそういうと、

「大準、きみはどうするつもり?」

と水吉がききました。

「ぼくは白仮面のあと追ってホテルにはいり、白仮面がなにをするのか見張ってるよ。さあ、いそいで!」

「ウム、それじゃ、行ってくるよ」

こうして、ふたりの少年はふた手にわかれました。

十六　おそるべき発明品

　そのとき、劉不亂先生はなにをしていたのでしょう？……朝鮮銀行前でふたりの少年とわかれた劉先生はすぐに太平通の自宅にもどり、書籍と薬品が豊富にそろう書斎にはいっていきました。そしてポケットから姜博士の秘密手帖を取りだして、ていねいに中身をしらべていったのです。

　ところが、いくらページを繰《く》ってみたとて、なにも記《しる》されてはいない白紙の手帖！　姜博士はこの白紙の手帖になにを書いたというんだろう……？

　テーブルに手帖をひろげ、しばらく目をとじていた劉不亂先生は、パチッと目をあけ、ついと立ちあがりました。そして、薬瓶のぎっしりつまった戸棚をひらき、なにかしら薬品を取りだしたのです。

　劉先生はその薬品を皿に三、四滴たらし、そこへやかんの水をそそぎいれました。そして皿の水をしばらくかきまぜたあと、その溶液に秘密手帖をつけたのです。

　その瞬間――ああ、見よ！　なにも見えなかった白紙の手帖には、きみょうな絵とともに小さな字でびっしり書きこまれた文章があらわれるではありませんか。

（やった、やったぞ！）

　劉不亂先生はよほどうれしかったのか、子どもみたいに胸をはずませるのでした。

（これさえあれば、たとえ姜博士がいなくとも、おそるべき力をひめた機械を発明することができる

だろう）

劉先生は秘密手帖を皿から取りだし、テーブルにひろげておきました。

それはざっと見ただけではくわしいことはわかりませんが、その原理から推察すると、あまりにもおそろしい一種《いっしゅ》の兵器でした。手帖のページのあちこちに描かれた図は、そのおそろしい新兵器の設計図の一部なのでしょう。

（そうとも！　この新兵器の製作が実現すれば、どこの国と戦争になってもおそれることはないだろう。きっと勝つ。きっと勝てるとも！）

劉先生は室内をゆきつもどりつしながら、さけばずにはいられませんでした。

それなら、そのとんでもなくおそろしい新兵器にはいったいどんな機能があるというのでしょう？

……その機械の原理を要約して説明すれば、つぎのとおりになるでしょう。

みなさんは普通学校理科の教科書で磁石の性質についておそわったでしょうから、磁石が鉄を引きよせる力をもっていることは知っているはずですね。

ところで、磁石には、みなさんもご存じのとおり、天然磁石と人工磁石があるのですが、この人工磁石の中でもっともつよい吸引力をもっているのが電磁石なのです。

古来《こらい》、偉大な発見や発明はどれもみな、ささいなことがきっかけになりました。りんごが木からおちるのを見て万有引力を発見し、蒸気で薬缶《やかん》のふたがあくのを見て蒸気機関車を発明したではありませんか。

それなら、発明家姜永済《カンヨンジェ》博士は磁石が鉄を引きよせるさまを見て、いったいどんなことを思いついたのでしょう？……もし電磁石につよい電気をながせばどうなるだろう？……大きくておもい鉄分を引きよせられるんじゃないだろうか？……だとすれば、そんな仕かけがうまくできたなら、どんな結果をもたらすだろう？……磁場［磁力のおよぶ空間］の範囲内にある鉄という鉄は一つのこらず引きよせられるんじゃ？……そしてもし、そんな仕かけを三越百貨店みたいな高い建物の屋上に配備すればすごいことになるぞ。鉄製の物はなんであれ、ビュンビュン飛んでくるんじゃないか？……自転車が飛んできて、靴底の鋲《びょう》がぬけて飛び、電車の線路がフラフラゆれながら飛んでくる、すこぶる愉快でありながらもおそるべき光景を姜博士はひとりで想像し、ニッコリほくそ笑んだことでしょう。

（ああ、姜博士はじつにおそろしい兵器を発明したんだな！　そして、白仮面はこの新兵器の秘密をかぎつけて、姜博士をむりやりつれさり、秘密手帖をうばおうとしているんだな！　姜博士はいまどこに？……白仮面はこの新兵器の設計図を手にいれて、いったいどうするつもりなんだろう？……どんなおそろしいことをたくらんでいるんだ……？）

そんなことをかんがえているうち、劉不亂先生の全身は得体の知れない恐怖にとらわれてしまうのでした。

ちょうどそのときでした。白仮面が東亜ホテルまであるいていったという電話が水吉少年からかかってきたのは。

「水吉くん！　きみは東亜ホテルの門の外で待っていなさい！　いますぐ、そっちへ行くから！」

劉不亂先生は秘密手帖をポケットにしまい、小さな手さげカバンを用意したあと、あわてて家を飛びだし、車に乗りました。

いつしか東の空が白んでいます。澄みきった朝の空気の中を劉不亂先生の車は一路、黄金町の東亜ホテルに向かって走っていきます。

そのとき、うすぐらい街角で、
「号外！　号外！」
と少年のよび声が聞こえてくるのと同時に、鐘の音がけたたましく鳴りひびくではありませんか。劉不亂先生は車を停め、その号外を一枚手にいれました。そして、しばらくのあいだ、文面に目をおとしたまま、
「ウム――」
と、ふかくうめきました。号外にはつぎのようなじつにおどろくべき記事がでかでかと書かれていたのです。

京城六十万市民に告ぐ！

鬼神さながらの能力をもつ白仮面は、とうとう南大門の屋根の上からけむりのごとく消えうせてしまった。白仮面の正体はいまなお不明だ。

白仮面とは、いったいどの国の人間なのか？……白仮面が朝鮮語を話し、朝鮮語で文章を書けるからといって、ただちに彼を朝鮮人とみなすわけにもいくまい。それに、いま全世界が亜細亜の一角に目を向けて恐怖におののいている事実を、市民諸君は知っているのだろうか？……彼らの生命と彼らの財産と、彼らの地位を一朝一夕に水泡に帰してしまう、おそるべき新兵器が、この亜細亜の一角で発明される日をどれほど不安に思っているのか、諸君は知っているのだろうか？

市民諸君よ！　こんな非常時局にあたり、諸君は枕を高くしてねむり、安楽の夢をむさぼっているときではない。われらの敵は白仮面ただひとりというのではなく、いままさに姜博士の発明を妨

害しようとし、あわよくばその新兵器に関する秘密書類をうばおうと、虎視眈々《こしたんたん》と機会をうかがう野獣のような全世界の眼だ。

市民諸君よ！　諸君は眼を大きく見開いて、京城の市街に眼を光らせよ。市街はいま、各国から派遣された軍事探偵どもによって一大修羅場となっている。彼らはたがいに白仮面から秘密手帖をうばい、自分たちが世界の帝王になろうとあらそっているのだ。

市民諸君よ！　われらは手と手をつなぎ、力を合わせ、どんなことがあろうとも姜博士を救いだし、秘密手帖をうばわれないようにしなければならない。


劉不亂先生は号外を折りたたんでポケットにいれ、ふたたび車を走らせ、

（クスッ、秘密手帖はぼくがもってるのに！）

と余裕の笑みをもらすのでした。

それはともあれ、白仮面を追って東亜ホテルへはいっていった大準少年は、いったいどうなったのでしょう？

十七　スパイ戦

夜が明けようとしていましたが、東亜ホテルはまだ死んだように寝静まっています。

警官の制服に身をつつんだ白仮面は一度も立ちどまることなく、ひろい庭をとおりぬけて玄関にはいっていったとき、そのあとをつけていた朴大準少年は、門のわきにピタリと身をよせて白仮面の挙動の一つひとつに目を光らせていました。

玄関にはいった白仮面は支配人をよびだし、面と向かって、

「××警察署の者だが、このホテルの泊まり客の中にちょいとあやしいやつがいるんでね、至急しらべにきたんだ」

そんなもっともらしいうそをついたところ、支配人はねむそうな目をこすりながら、

「はい、そのようでございますね。ついさっき、××警察署から電話がかかってまいりましたので承知いたしております」

腰をかがめるようにして、そういった。

「それで、九号室と十号室に泊まっている外人たちはまだもどっていないのか？」

「まだおもどりではありません」

「八号室の朴之龍《バクチヨン》っていう泊まり客もまだなのか？」

「はい、昨日の朝、出ていったきり、まだなんの連絡もございません」

「ウム――それじゃ、八号室、九号室、十号室を順に案内してくれたまえ。いますぐ！」

白仮面にそう指示されて、支配人は即刻ボーイをよび、

「客室まで警察の旦那を案内してさしあげて」

と指図《さしず》してから、自分はねむくてたまらないのだろう、ふたたび奥の部屋にひっこんでしまいました。

ボーイの齢は十四、五歳ぐらいでしょうか――大準少年がドアのすきまから目をこらしていると、なんとそのボーイは普通学校三年生のころまでいっしょに学校へかよっていたものの、家がまずしくて中途で退学した金乭《キムトル》という少年だったのです。

「おや！　乭《トル》は学校をやめて、こんなところにいたのか！」

思いもよらない友人を思いもよらないところで目にした大準は、うれしくてしかたがありませんでした。

ボーイ金乭《キムトル》は警官を――いや、白仮面を案内して二階へあがっていきました。大準はしばらくためらいはしたものの、意をけっしてドアの影から身をすべらせ、蜘蛛《くも》のごときかろやかな身ごなしで玄関をとおりぬけると階段をあがっていきました。

二階にあがってみると、金乭が八号室の前でぽつんと立っているではありませんか。

「金乭くん！」

大準は乭《トル》の肩をそっとゆすりました。乭もおどろいて、

「オッ、大準……」

声をあげそうな相手の口のうごきをかろうじて大準がおさえ、

「さっきの警官、どこへ行ったの？」

ささやくような声で大準がきいた。

「八号室へはいっていったよ」

「ハハン、ここがあの朴之龍《パクチヨン》っていう人が泊まっている部屋なんだな？　その人、どんな顔かたちの人？」

「背が高くって、ふうさいのよい紳士で、齢は三十代ってところかな」

「その人、いつから泊まってるんだい？」

「十日ぐらい前からだよ」

そのとき、ドアのすき間からそっとのぞいてみると、白仮面は朴之龍のトランク、テーブルの引出し、衣服のポケット――そんなところを片っぱしからかきまわしているのです。そうしているうち、

「おい、ボーイ！　朴之龍あてにきた手紙なんかはないのか？」

白仮面が大声できいた。

「ございます。お待ちください。すぐにおもちします」

そういって乭《トル》が下の階へおりている間に、大準はなんともみょうな光景を目にしました。

白仮面は朴之龍のトランクから、なにかしら小さな薬瓶を取りだして皿にそそぎいれたあと、ポケットにしまっていた秘密手帖をその液体にひたすのです。

そのとき、乭《トル》が一通の手紙をもって二階へあがってきました。

「乭《トル》くん、ちょっとその手紙を見せてくれ」

そういうなり、大準は白仮面よりも先にその手紙を手に取ったのです。

むろん、それは朴之龍あてのものなのですが、差出人の氏名は書かれてはいません。

しかし、大準はひと目見て筆跡に見おぼえがあるような気がして、

「だれだったか?」

首をかしげてはみたものの、どうしても思いだせないでいます。

そのとき、部屋の中から、

「エーイ、にせものか? にせものだ!」

と、白仮面の声がしたので、大準は手紙を乭《トル》にかえし、ふたたびドアのすき間からのぞいてみると、白仮面は秘密手帖をビリビリ引きさいてしまうのです。

「だまされたな。劉不亂にまんまといっぱい食わされちまった!」

白仮面は地団駄をふんで悔しがるのですが、大準少年はうれしくてしかたがありません。

(エヘン! 劉不亂先生にだまされたんじゃなく、朴大準先生にだまされたのさ、こいつめ!)

心の中で快哉《かいさい》をさけぶのでした。そのとき、乭《トル》が手紙をもって部屋にはいり、白仮面に手わたしました。

白仮面は封を切って手紙に目をとおすうち、顔色が紙のようにまっ白になってしまいます。

「なんの手紙なんだろう? 先に読めたらよかったのに!」

大準少年は悔しそうにくちびるをかみしめるのでした。

ややあって白仮面が乭《トル》のあとについてとなりの九号室にはいっていくとき、大準少年は階段に腹ばって身をかくしました。

白仮面は九号室にはいり、室内をくまなくしらべていきます。しかし、自分のさがしている物がどうしても見つからないのか、部屋を出ようとしたちょうどそのとき、となりの十号室へつうじるドアがそろりとあき、スッとあらわれたのは白仮面の胸に向けられた拳銃の銃口でした。

「手をあげろ!」

と、ふとい声がするのと同時に中国服をまとったおそろしげな男が、いきなり部屋にはいってきたのです。

白仮面は手をあげないわけにはいきませんでした。さらに中国人のあとから、ふたりのあやしげな西洋人もはいってきました。その西洋人のうち、ひとりは英国人で、もうひとりはロシア人です。

大準はそのときひとりごとをつぶやきました。

「ハハン! いつぞや姜博士といっしょに奬忠壇《チャンチュンダン》公園へサーカス見物に行ったときに見たことがあるやつだな!」

しかし、彼らの正体があの工学博士姜永済先生の手から開発中の新兵器に関する秘密手帖をうばおうと裏でたくらんでいる、おそろしいスパイどもだと知っている者は、このひろい朝鮮でも白仮面ひとりしかいませんでした。

「白仮面、いくらおまえが警官に変装したところで、わしらの目をだますことなんてできやしねえ。さっきおまえが南大門の屋根の上で最後の手段に金部長と衣服を取りかえたことも、ちゃんとわしらにはお見とおしなんだからな。だろ? 白仮面!」

と、英国人が朝鮮語で問いつめるのですが、白仮面はなにも返事をしようとはしません。

「毎晩おまえがわしらの部屋にしのびこんで、なにかをさがしていただろ。わかっちゃいたけど、知らないふりをしていただけなんだぜ。いったい、さがし物ってなにかね？」

「知りたけりゃおしえてやろう。——それはだな、おまえたちがおまえたちの政府から受けとった秘密指令さ」

「ハッハッハ、白仮面、そんな重要書類をおまえさんの目にふれるようなところへかくしておくとでも思ってるのか。ハッハッハ……そりゃそうと、おまえがうばった秘密手帖をこっちへよこしな」

「にせの手帖でももっていたけりゃ、もって行けよ！」

と、ビリビリに引きさいた手帖をポケットから取りだしました。

「ハッハッハ、あの劉不亂とかいう探偵に、おまえさんもいっぱい食わされたってわけだ！」

「いまとなりゃ、だまされてよかったがね」

「よくいうぜ、なら白仮面、あんたが拉致《らち》していった姜博士をどこに監禁してやがるんだ？」

「そんなことをきいたって無駄だぜ。銃弾で心臓に風穴をあけられたら、吐《は》くとでも？」

やむなく両手をさっとあげはしたものの、しゃべりつづける白仮面——不意に白仮面の手がうごいたかとみるや、さっき金乭《ニムール》から受けとった手紙をポケットから取りだすなり、空の白みはじめた窓の外へポンとなげすててしまいました。

「アッ！」

と、スパイどもが窓ぎわへ駆けよるさまを見た大準少年は、飛ぶように階段をかけおりて庭へ出てみると、主人を待っていたコムドゥンが二階からおちてきた手紙をくわえて駆けだしてきます。

しかしながらつぎの瞬間、二階から撃ちこまれた一発の銃弾がコムドゥンの頭に命中したのでした。

「キャイン、キャイーン……」

悲痛な鳴き声を発してコムドゥンは芝生の上にたおれました。そのとき、

「あっ！　白仮面が逃げた！」

というさけび声が二階から聞こえてきました。大準少年はチラッと二階を見あげました。さっきの中国人のにぎった拳銃が庭へ向けられているではありませんか。

「エイ、もう、どうなったってかまうもんか！」

大準少年はそうさけびながら玄関の石柱の影からもうぜんとコムドゥンのそばへ駆けよるなり、白仮面がなげすてた、あのみょうな手紙をわしづかみにすると、正門に向かっていっさんに駆けだそうとしました。

しかし、ああ！　大準少年は三歩と歩を進めることもかなわず、タン！、という銃声とともに粘土でできた人形のようにパッタリたおれてしまうのでした。

十八　湧きおこる疑問

まさにそのときでした。水吉少年と劉不亂先生が自動車に乗ってホテルの正門をとおりぬけると、一発の銃声が鳴りひびくと同時に芝生の上にパッタリたおれる少年の姿が見えたのです。

「先生！　あれ、大準くんじゃないですか？」

水吉が大声をあげると、

「アッ、大準くんじゃないか！」

あまりのことに劉先生もさけばずにはいられませんでした。

「あ、先生！　二階のあっちの部屋から中国人と西洋人が顔を出したり、引っこめたりしてますよ」

「なんだって、中国人……？」

が、そのときにはもうだれの姿も見えません。そして、自動車からおりた劉不亂先生と水吉少年は、肩から鮮血がダラダラながれる大準少年をだきおこしました。

「大準くん！　しっかりしろ！　たいした傷じゃないんだから……大準くん！」

「大準！　目をあけて！　ぼくだよ！　水吉だ！　大準！　大準！」

水吉少年の頰《ほお》から涙がポロポロこぼれおちていきます。

「水吉くん、心配しなくてもいい！　弾は肩を貫通しただけさ、胸に当たったわけじゃないんだから」

そうするうちにも、夜明けの空気をけたたましくふるわせた二発の銃声により目をさましたホテルの宿泊客は窓から顔を出したり、あるいは庭へ飛びだしたりし、この思いもよらないさわぎに目をまるくするのでした。

おりしも、宿泊客の中にいた初老の外科医が大準少年をだいて自分の部屋にはこびこんでくれたので、劉先生は水吉を大準につきそわせ、自分は二階へ駆けあがり、ついさっきあやしい外国人の姿が見えたという九号室のドアをあけて中にはいっていきました。

しかし、九号室にはだれもいません。それで、隣室とのあいだのドアをあけて十号室へもはいってみたのですが、やはりだれもいないのです。

「おかしいな？　ついさっきまで人がいたのはたしかなのに……」

そのときドアがあき、ボーイの金乭《キムトル》がはいってきました。

「あのう、もし、ちょっとお耳にいれておきたいことがございます」

乭《トル》はさっき大準少年といっしょにドアの外からのぞき見た部屋の中のようすをくわしく話したあと、

「それで、その警官（じつは白仮面）がなげおとした手紙をひろおうとして飛びだしたところ、あの中国人に撃たれたんです」

と、おちついて銃撃事件の状況について説明しました。

「ハハン、そうなのか！　ウム、そうだったのか！」

これでようやく劉不亂先生にも一連の出来事の意味がのみこめました。

「そうなのか！　そうだったのか！」

劉不亂先生はひとりごとをくりかえしながら、さっき朴之龍《パクチヨン》という人宛てにきた手紙――白仮面が窓からなげおとした手紙――そして、それがもとでコムドゥンが死に、大準少年が負傷した、その手紙をポケットから出して読んでみました。

「あ、そうなのか！　そうだったのか！」

劉不亂先生が三度目の同じつぶやきをもらしたとき、水吉少年が飛びこんできて、

「先生、大準が目をさましました。はやく先生に来てほしいって」

というなり、劉先生の手を引っぱるのです。

「よし、すぐに行こう」

こうして水吉少年と劉不亂先生は一階へおりていき、大準がよこたわっている外科医の部屋へはいっていくと初老の外科医は劉先生に顔を向け、

「ごらんのとおり、たいしたことはありませんな。きちんと治療してもらって一週間ぐらい養生《ようじょう》すればすっかりよくなりますよ。とりあえず、傷口を消毒して薬をぬっておきました」

と、容体をつたえました。

「ほんとうに、ありがとうございます。こんなに親切にしていただいて」

と、劉先生は外科医にお礼をのべたあと、大準少年のほうに目を向けながら、

「大準くん！　あぶないところだったね。でも、もう心配はいらない。外科の先生がおっしゃるには、一週間もすればすっかりよくなるんだって」

「先生！」

大準は劉先生の手をギュッとにぎりしめました。

「なんだね、どうかしたのかい？」

「どうしても先生にひとつお願いがあるんです」

「ウン、なんだい？」

「先生、――それなんですけど、二階の八号室に宿泊している朴之龍《パクチヨン》っていう人をさがしてもらえないでしょうか？」

切なる思いがこめられているのでしょう。大準少年の両目から涙がすじを引いて頬をつたいおちていきます。

「それがきみの願いなら地の果てまででも行ってさがしてやろう。――だけど、朴之龍っていう人にあって、いったいどうするつもりなんだい？」

「その人がそうなのかどうかはわかりませんけど、朴之龍っていうのは、ぼくが四歳のときに家を出たっきりまだ帰ってこないおとうさんの名前――朴之龍、朴之龍！……先生、ぼくはこの、この名前をかたときもわすれたことがないんです」

「…………」

劉先生はなにもいわず、ベッドによこたわる大準少年をじっと見つめているばかりです。

「あぶないのはわかっていたのに、白仮面が窓からなげおとした手紙をひろおうと飛びだしたのも、じつは朴之龍っていう人のことをもっとくわしく知りたくって……」

なおも劉不亂先生は返事をしません。

「ああ！　かあさんがこのことを知ったらどれほどうれしがることか！……先生、あの手紙を読まれたんですか？　なんて書いてあったんです？」

そのときはじめて劉不亂先生は口をひらきました。

「八号室に宿泊中の朴之龍という人ときみのおとうさんが同一人物だとしたら、きみのおとうさんはとてもりっぱな方だね」

「どうして?」

「ウム、いまはまだいえない。そのうちわかるよ」

「先生、どうかとうさんに会わせてください」

大準は劉先生の手をにぎり、上下にゆさぶりながら切にうったえました。しかし、劉先生はだまったまま大準の傷ついた肩に目をやってから、初老の外科医にこんなことをきくのです。

「先生、大準くんを短時間だったら飛行機に乗せてもかまわないでしょうか?」

「もちろん、うごかさないにこしたことはありませんがね、すこしぐらいならかまわんでしょ」

その返事を聞くなり劉先生は、

「それじゃ、大準くん、水吉くん! きみたちとはなればなれになったおとうさんをさがしに行こう。大準くんは朴之龍さんを、水吉くんは姜博士を」

「ほんとうですか? 先生?」

ふたりの少年は同時に声を大にしていいました。

「ぼくはいままで嘘《うそ》をついたことなんてあるもんか。おふたりの身のまわりにはいま、とんでもない危険がせまっているんだ」

「とんでもない危険?」

「そうなんだ!」

「それなら先生、ぼくたちはいまからどこへ行かなきゃならないんです？」

「黄海《ファンヘ》の海辺にある姜博士の研究室へ！」

「黄海の海辺へ」

興奮と希望と冒険心に胸をおどらせるふたりの少年！　黄海の海岸沿いにある姜博士の研究所では、はたしていかなる危険が待ちうけているというのか、劉不亂先生が見たくだんの手紙にはなにが書かれていたのでしょう？……一方、白仮面はどこへ姿をくらましたのか、あの凶悪《きょうあく》なスパイどもはいまなにをたくらんでいるのでしょう……？

こうした疑問がふたりの少年の脳裏にムクムクと湧きおこってくるのでした。

十九　意外

こうして、劉不亂先生が水吉少年とともに怪我をした大準少年に手をかして黄金町の東亜ホテルを出るころには、すっかり日はのぼり、京城の街全体に朝日がふりそそいでいました。

「先生、ほんとうにとうさんをさがしだせるんですか？」

水吉と大準が同時にききました。

「ほんとうだとも――でも、平壌《ピョンヤン》行きの旅客機は午後一時半の出発だから、それまでのんびり待つわけにもいかないし……」

そういいながら劉不亂先生は腕時計に目をやると、まだ七時をすこしまわったばかり。

それでしかたなく、彼らは京城駅から七時半発平壌行きの急行列車に乗ることにしたのです。

大準少年は肩の痛みがひどかったのですが、十年ものあいだ、思いはつのれども風の便りすらなかった父に会えるという、じつに夢のような話を聞かされ、それ以外のことは気にもなりませんでした。

「先生、とうさんはいまどこにいるんです？　どうして黄海の海辺にある姜博士の研究所なんかに？」

大準少年はどうにも合点がいかなくてそんな疑問を口にしたところ、劉不亂先生はしばし口をつぐんだまま大準少年を見つめ、

「知りたいのかい？　それじゃ、この手紙を読んでみなさい」

と、さっき東亜ホテルで白仮面が窓からなげすてた手紙をふたりの少年の前にひろげて見せました。

それは意外や意外、白仮面に拉致されたものとばかり思っていた姜博士が朴之龍《パクチヨン》という人宛てに出した手紙で、その内容はつぎのとおり簡単なものでした。


朴之龍さん！　はやく研究所へもどってきてください。いま、この海辺では毎日のようにあやしい人影があらわれて、わたしをねらってギラギラ光るナイフをなげてきます。昨夜もどこから飛んできたのか、研究室の壁に研ぎすまされた二本のナイフが突き刺さっていました。たぶん、開発中の機械の秘密書類をうばいにきたスパイどものしわざでしょう。一刻もはやく来てもらいたいのです。

姜永済

手紙を読みおえたふたりの少年はいったいなにがどうなっているのか、とんと見当もつきませんでした。

「あれッ、姜博士は白仮面につれさられていったはずなのに、どうして黄海《ファンヘ》の研究所にいるんだろ？　それに朴之龍っていう人とはどうやって知りあい、白仮面はなぜこの手紙をスパイどもに見られないように窓からなげすてたりなんか？　ねえ、先生、わかりやすく説明してください！」

ふたりとも、すがる思いで劉不亂先生を見つめます。

「ウム、それじゃおしえてやろうか――こみいった話なのでしっかり聴いていなけりゃいけないよ！」

「はい！」

　ふたりの少年はあらたまった顔で返事をしました。

「まず最初に知っておかなきゃならないのは、白仮面がなぜ姜博士をつれさっていったのか？　きみたちはまだ子どもだからわからないかもしれないけれど、いま京城では姜博士が発明した新兵器に関する情報を手にいれようと、各国のスパイどもが姜博士を拉致《らち》するたくらみにだれよりも先に気づいたのが白仮面だったんだ。このまま手をこまねいてばかりいては、いずれ姜博士は彼らにさらわれ、すっかり機密情報を吐かされてしまうだろうから、そうなる前に白仮面みずから姜博士をつれさり、安全な黄海の研究所へ身をひそませておいたんだね」

「へえ、そうだったんですか！」

　ふたりの少年は目をまるくして話に聴きいっています。

「だけども姜博士はそんなこととは思いもよらず、馬に乗せられているときにこっそり秘密手帖を路上になげおとしたんだね。あとで事情を知ってみると、とんでもない思いちがいだったってわけなのさ。だから白仮面はこの先、秘密手帖がスパイどもの手にわたる前にうばいかえそうと全力をつくしたんだけど、大準くんの詭計《はかりごと》によってにせの秘密手帖をつかまされたってわけだ。本物はここにあるんだからね」

　劉先生はポケットをポンとたたき、

「ところで、大準くん、けっしておどろいてはいけないよ。白仮面は姜博士を黄海の研究所へつれていったあと、自分は朴之龍という名前で東亜ホテルの八号室に……」

まだ話の途中なのですが大準と水吉は、

「な、なんですって？　先生！」

と、おどろきの声をあげずにはいられませんでした。

おお、そうだったのか、ほんとうに？……もしかして白仮面と朴之龍という人とは同一人物……？

「だったら先生！　あの白仮面がぼくのおとうさんなんですか？」

大準は劉先生の腕をギュッとつかんでゆさぶりました。

「まだはっきりとはいえないけども、白仮面と八号室に宿泊中の朴之龍っていう人とが同一人物で、八号室の朴之龍ときみのおとうさんの朴之龍さんが同一人物だとしたら、白仮面はきみのおとうさんであることはまぎれもない事実だろう」

大準少年はなにもこたえず、飛ぶがごとくにとおざかっていく窓の外の風景を夢うつつにながめるばかりです。そして目をとじ、つぎのような思いにとらわれるのでした。

（白仮面がほんとうにぼくのとうさんだとしたら？……ああ、おそろしい）

大準は歯の根をガタガタふるわせました。しかし、つぎの瞬間、白仮面がもしぼくのとうさんだとしたら？……と、もう一度思いをめぐらせるうち、あんなに勇敢で男らしい性格の白仮面を父親にもつことのうれしさが全身に湧きあがってくるのでした。

大準と水吉はつぎのような伝文を書いてハトの足にむすびつけました。

おかあさん　ぼくたちはいま、劉不亂先生といっしょにおとうさんをたずねるため、遠方へ出かけますので、そのつもりでいてください。

そして、窓をあけ、空高くハトをはなちました。

大準と水吉

二十　四人の白仮面

三人は平壌駅で鎮南浦《チンナムポ》行きの汽車に乗り換え、鎮南浦からは黄海《ファンヘ》沿岸を車に乗って北へ向かって道をいそぎました。すでに日はかたむき、黄海の荒波に赤い夕日がきらめいています。

「あとどれぐらいですか？」

「もう二キロぐらい走れば着くよ」

左側は水平線が見える海、右側はけわしい山の斜面です。車はクネクネ這うように向きをかえながらも、せまい道を北へ北へと慎重に進んでいきます。そのとき——。

まさにそんなときの出来事でした。

車が視界をさえぎる大きな岩の下をぐるりとまわったとたん、運転手は、

「ア、アッ！」

と、さけぶなり急ブレーキをかけるではありませんか。

「白仮面！」

大準と水吉も思わず大声をあげました。

ところが、ああ、なんということなのでしょう？

見たまえ！　いま車の前方からそれぞれに拳銃をかまえて、駆けよってくる白仮面！　しかし、そ

れも一人、二人、三人――みなそれぞれにヒラヒラはためく白いマントをはおり、あの無気味な髑髏《どくろ》の仮面をかぶった三人の白仮面があっという間に車を取りかこんでしまいました。

大準少年と水吉少年はこうした事態の意味がまるきり見当もつきません。

(つまり、白仮面って、ひとりじゃなく三人だったの？ そんなバカな、そんなことが？ 白仮面が三人もいるわけがない。じゃ、いま目の前にいる三人の白仮面は……？)

そのとき、劉不亂先生が声に力をこめて、

「おまえたちはいったい、なにをねらっているんだ？」

と問いかけました。

すると彼らは無言のまま、拳銃を振って車の中の三人を車からおりるように指図《さしず》するではありませんか。そして、運転手もふくめて四人を順に立ち木の幹《みき》にしばりつけていくのです。そのとき、

「先生！」

水吉と大準が同時によびかけました。

「先生、白仮面のやつら、いま先生がもってる秘密手帖をうばうつもりなんでしょ。ああ、どうすれば！」

といって足をトントンふみならすのですが、劉不亂先生はだまって彼らになされるがまま身をゆだねるほかなかったのです。

とはいえ、大準少年はその一方で、三人の白仮面の中に自分の父親がまじっているのだとかんがえると、ことばではあらわしようのないみょうな衝動をおぼえずにはいられません。

そうするうちにも、白仮面たちは手分けして大準、水吉、劉先生――三人それぞれのポケットの中

をさぐりはじめるではありませんか。

かといって、いくら名探偵の劉不亂先生でも、拳銃で心臓をねらわれていたままではどうすることもできません。

そして、彼らはとうとう劉不亂先生のポケットから秘密手帖を見つけだし、うれしそうに、

「ウン！　コレ、アル！」

と、彼らのもらしたことばを聞くと、それは朝鮮の人とはとうてい思えないぎこちない発音で、あきらかに外国人がしゃべる朝鮮語でした。

それで大準と水吉もすっかり事情がのみこめました。

「スパイどもだな！」

大準が大声をあげると、

「そうだとも、やつらは外国のスパイどもだろ！　白仮面のふりをして秘密手帖を……」

水吉も憤慨し、樹木の幹にしばられた手を振りほどこうともがいたものの、そう簡単にほどけそうもないのでした。

そうこうするうちに、白仮面たちは――いや、あのにくきスパイどもはまんまと秘密手帖を手にいれて自分たちが乗ってきた車――前方に見える大きな岩の下あたりの茂みにかくしておいた車に向かって意気揚々とあるいていくではありませんか。

「先生、どうしたらいいんです？」

ふたりの少年が同時にききました。しかし、劉先生は悲壮な顔でスパイたちのうしろ姿をじっと見つづけるばかりです。

まさにそのとき。ほんの百メートル先で、なんともきみょうな事態がしょうじたのですが、それはまさしく思いもよらない出来事でした。

見たまえ！　いま三人の白仮面が秘密手帖を手に上機嫌でなにやらことばをかわしながら車に乗りこもうとドアをグイと引きあけたのですが、その瞬間、三人の白仮面はただ、

「アッ！」

と、さけぶなりサッと両手をあげて二、三歩あとずさっていくなんて、おお、どういうことなのでしょう、そのわけは？

「アッ、白仮面だ！」

「もうひとり、白仮面があらわれたぞ！」

「いったい、どういうこと？」

大準と水吉は、このじつに奇奇怪怪な光景を目の当たりにして呆気《あっけ》に取られてしまいました。

運転手はブルブル身をふるわせるばかりです。

そのとき劉不亂先生に、

「大準くん！　いまあらわれた白仮面がきみのおとうさんだ！」

といわれて、

「ほんとうに？　先生！」

喉《のど》がつまったような声を出す大準少年の顔にはよろこびとおどろきが、ないまぜになるのでした。

もうひとりの白仮面――いつの間に車にしのびこんだのか、スパイたちがドアをあけるなり、車の中から拳銃の銃口を相手に向けながら疾風《はやて》のようにあらわれ、

「ホールダップ！（手をあげろ！）」

と英語で命じ、車から飛びおりました。

この想定外の出来事にスパイたちは――いや、にせの白仮面たちはポケットの拳銃を取りだすゆとりもありません。

ところが、そのうちのひとりが、やにわに本物の白仮面に向かい、飛びかかっていくではありませんか。

その瞬間、本物の白仮面がにぎった拳銃から白いけむりが立ちのぼると同時に、

「タン、タン……」

と二発の銃声がするどく空気をふるわせました。

足を撃たれ、岩のあいだにたおれるくだんのスパイ！

そのとき白仮面が、

「アアッ！」

うめくと同時ににぎりしめていた拳銃を地面におとすではありませんか。

ああ、白仮面の右腕から泉のように湧き出る鮮血――スパイは自分がたおれるとき、にぎっていたナイフで白仮面の腕を刺したのです。

こうして、しだい暮れゆく黄海沿岸の岩陰で、ふたりのスパイと白仮面のあいだにすさまじい格闘がはじまりました。

そんな光景を間近でながめながらも、どうすることもできない劉先生、大準、水吉、運転手――。

「白仮面、白仮面！」

「とうさん、とうさん！」

水吉少年と大準少年は声をかぎりにさけびはすれど、たがいに組み合ったまま岩のあいだをあっちへゴロゴロ、こっちへゴロゴロ、死力をつくす白仮面の耳にはとどきそうもありません。

そのとき、スパイのひとりが白仮面の胸をねらって、するどいナイフをサッと振りあげるではありませんか。

「アッ！　とうさん！」

大準はもうそれ以上、見てなんかいられない、とでもいうふうにギュッと目をとじました。

二十一　ひらめくナイフ

ああ！　武器をなくした白仮面は刺し殺されてしまうのか！　スパイのやつがにぎりしめたナイフがひらめき、いましも白仮面の胸に突きたてられようとしているではありませんか！

夕闇がひろがり、荒々しい海風がふきあげてきます。スパイたちと白仮面のすさまじい格闘は、このままケリがついてしまうのでしょうか……。

「とうさん！　アッ、とうさん！」

大準少年はその瞬間、頭がくらくらするのでした。

「先生、ど、どうしたらいいんです？」

そういわれたとて、劉不亂先生になにができるでしょう？

自由をうばわれた劉先生はふつふつと怒りをたぎらせるばかりです。

そのときでした。組みしかれていた白仮面はすんでのところで切っ先をかわすなり、からだをくるりと回転させてスパイの手からナイフをうばい、劉不亂先生のいるほうへとまっしぐらに駆けてくるのです。

その瞬間、

「タン、タン！」

スパイのはなつ銃声が鼓膜《こまく》をやぶらんばかりに聞こえてくるではありませんか。

疾走しながらも白仮面はいくどか腹ばっては立ちあがり、劉不亂先生のそばまでやって来ようとしているようです。そのうしろから拳銃をもったスパイたちがなにごとかさけびながら追いかけてきます。

「タン、タン！」

大準の耳もとをビュンとかすめる銃弾の擦過音《さっかおん》！

首をすくめる大準少年は全身に鳥肌が立ち、ふるえがとまりません。

白仮面はなおも銃弾をかわしながら劉先生のそばまでやってくるなりプツンと縄を切り、

「劉不亂さん！　このナイフで子どもたちを逃がしてやるんだ！　ぼくがやつらを食いとめているうちに！」

早口にそういいました。

すかさず劉先生は大準少年と水吉少年、そして運転手の縄を切り、

「きみたちは木立ちの陰にかくれていなさい、いますぐ」

と、するどい口調でいい、大準と水吉は銃撃からのがれるように、くらい木立ちの奥へと駆けこんでいきました。

走りながらもチラッとうしろを振りむいてみると、白仮面は前方の岩陰に身をかくし、劉不亂先生は手前の大木の背後にまわり、立てつづけに飛んでくる銃弾をさけています。拳銃をもったスパイたちと武器といってもナイフ一本しかもたない白仮面と劉不亂……。ああ！　こんな窮地からぬけだす方法があるのでしょうか？

そんな最中《さなか》、運転手が大準と水吉のひそむ木陰までやってきて、小さな手帖を見せながら、

「これなんだけど、さっきやつらが劉先生のポケットからうばっていった秘密手帖じゃないのかい？」

と、低声《こごえ》でいいました。

はたして、それはまぎれもない本物の秘密手帖なのです。

「どうしてこの手帖を？」

ふたりとも、声を合わせたかのようにきかずにはいられません。

「向こうの岩のすき間で見つけたんだけど、たぶん、さっき白仮面とスパイが取っ組みあってるときにスパイがおとしたんだろうな」

水吉と大準は、この思いもよらない幸運を心からよろこびました。

そのときでした！　白仮面のひそむ岩にこっそり這いあがったスパイのひとりが、拳銃で白仮面の頭をねらいすましているではありませんか。

その瞬間、大準と水吉は、

「アッ！」

と、苦しげにさけびました。引き金を引きさえすれば白仮面、……いや大準の父親朴之龍《パクチヨン》の命は、露《つゆ》とおち、露と消えてしまうのです。

「とうさん、とうさーん！」

大準少年が声をかぎりにさけんだ刹那《せつな》の出来事。彼らはおどろくべき光景を目の当たりにしたのです。

みなさん、とくと見てごらんなさい！　いましも白仮面の頭を銃撃してやろうと岩の上に立ちあがっていた図体のでかいスパイが消音銃で撃たれでもしたかのように腰をうしろにそらせたかとみるや、人形さながらに手足をピクンとのばしたままズルズル岩の下へとおちていくではありませんか。

「どうしたんだ、いったい？」

ふたりの少年がしんじられないといった顔つきで声をあげると、そばにいた運転手がニコニコ笑いながらこたえました。

「劉先生が……劉先生のなげたナイフがやつの右のわき腹につき刺さったんだよ！」

「そうなの？」

「エッ、劉先生のなげたナイフが？」

そういわれてみると、ふたりとも手前の木陰に身をひそませていた劉先生がなにかをなげる姿が視界をかすめたような気がしてきました。

そうするうちにも、スパイたちは怪我をした仲間に手をかし、車に乗りこむなり、けたたましいエンジン音をのこし、せまく曲がりくねった海岸沿いの道路を研究所に向かって飛ばしていきます。

「劉不亂さん！　あなたは子どもたちをつれて車で追いかけてください！　ぼくは馬で……」

そんな一言をのこして白仮面は飛鳥のようにマントをはためかしながら峠道をくだっていくのです。

「運転手！　すぐに、やつらのあとを追いかけるんだ！」

劉先生は子どもたちとともに車に乗りこむなり、大声で命じました。

「へい、ガッテンでやす。ぶっ飛ばしていきますよ」

運転手もいさましくこたえます。

こうして、二台の車が夕闇のひろがる黄海沿岸の道路を北へ北へと猛スピードで走りだしました。

二十二　天罰

はじめのうち二台の車はかなりはなれていたものの、三百メートル、二百メートル、百メートル……しだいに車間距離がちぢまってくるにつれ、スパイたちの乗った車は尾灯《びとう》の揺れが炒《い》られた豆のようにはげしくなっていくのです。エンジンが悲鳴をあげているのでしょう。

「でも、白仮面はどこへ行ったんだろう?」

だれもみな、見る間に姿を消していった白仮面のことが心配になってきたのです。いくらうしろを振りかえってみても、白仮面のついてくる姿は見えません。そのとき水吉少年が、

「先生、安心なさってください。秘密手帖は、またぼくたちの手にもどってきたんです」

突然、意外な事実を知らされ、劉先生もすくなからずおどろいて水吉少年のことばに耳をかたむけました。

「ほう、そうだったのか」

劉先生は胸をなでおろし、取りもどした手帖をポケットにさしいれようとした、ちょうどそのときのことでした。

「アッ!　なんだい、あれ!」

運転手のあげる突然の大声にだれもがいっせいに顔を前方に向けると、ああ、目をこらして見たま

え！

右側は急峻な山、左側は数百メートルもの断崖……その断崖の下で、いま黄海の波浪が砕かんばかりの勢いで岩を打っています。切り立った山と目もくらむばかりの断崖のあいだにさながらベルトのようにながくのびているひとすじの道……。そのひとすじの道をいま猛スピードで飛ばすスパイたちの車とそのあとを追う大準一行の車……。

しかし、運転手が大声を出したのは、そんなことではないのでした。スパイたちの車から五百メートルぐらい前方にどこからどうやってあらわれたのか、白馬にまたがった白仮面が翼のように左右にマントをひろげて静止したまま待ちかまえているではないですか！

「白仮面だ！」

「とうさんだ！」

水吉と大準はそんな凛々しい姿を見て、思わず声をあげました。

ああ、冷酷無慈悲な、にくくてたまらないスパイたちの運命も、もはやこれまでだ！ 進むに進めず、引くに引けない絶対の窮地！ 前方に白仮面、後方に劉不亂！ 右手は急峻な山、左手は黄海に面した断崖！

そのとき、スパイのひとりが白仮面にねらいをさだめて拳銃の引き金を引いたのですが……。天は悪人をこらしめ、善人を助けるといいますが、けっして空言《そらごと》なんかではありません！ 拳銃は弾切れなのか。引き金はただカチャリと金属音を立てるだけだったのです。

白仮面と大準らの乗った車は、スパイたちの車をはさむようなかっこうで、しだいに間隔をせばめていきます。五十メートル、二十メートル。

その瞬間の出来事。だれもが思いもよらない戦慄すべき光景に、

「ア、ア、アッ！」

さけび声をあげるなり、その場に凍りついてしまいます。顔をそむけたくなる……まるで活動写真の一場面でも観ているかのような、あまりにも凄惨な光景でした。

スパイたちは白仮面と劉不亂先生に前後をはばまれ、一瞬呆然自失したのか、グイと左にハンドルを切ってしまったのです。

車は三人のスパイたちを乗せたまま、あたかも玩具の車がテーブルからおちていくかのように、数百メートルもの断崖の上から、ほのかに照らす月明かりをかきわけながら暗い海に向かってまっさかさまにおちていくではありませんか！

「まさか、こんなこと！」

「なんてことなんだ！」

ふたりの少年が、たがいにだきあってからだをふるわせているときには、すでにスパイたちの車ははるか崖下でバシャンという衝撃音をのこし、黄海の海底へとしずんでいくところでした。

一同は断崖の上から暗い海を見おろしながら、無惨な最期をとげたスパイたちに憎しみよりも、むしろ同情の念を禁じ得ず、しばらくのあいだ、だれもが石像と化してしまったかのように黙然《もくねん》と立ちつくしています。

そのとき白仮面が、

「秘密手帖も永遠に彼らといっしょに海の底へしずんでしまったんだな！」

無念そうにそういったところ、

「秘密手帖はここにありますよ！」

劉先生がポケットから手帖を出して見せながらそういうと、

「エッ、まさか、そんな？」

夢でも見ているんじゃないのか、といった声で白仮面はこたえました。そしておもむろに視線をめぐらせ、大準少年の顔をじっと見つめるのでした。

「きみが朴大準だろ？　今朝《けさ》、東亜ホテルで撃たれた傷はだいじょうぶなのかい？」

気づかわしげに白仮面がたずねたのに、どうしたことか大準少年はあんなにも会いたがっていた父親を眼前にしながら、きっと口を引きむすんだまま返事もしませんでした。いくども、いくども、

「とうさん、とうさん！」

と心の中でよびかけていたのですが、どうしたのでしょう。だしぬけにきかれたために喉《のど》がふさがってしまったようです。

そのとき劉不亂先生が白仮面に向かって、

「朴之龍《バクチヨン》さん！　もうそろそろそんな無気味な仮面なんか、はずしてはどうです。会いたくてたまらなかったおとうさんの顔を大準くんに見せてあげては？」

さりげない口調でそういうと、

「劉不亂さん！」

白仮面は劉先生に手をさしだして握手をしました。

「大準のことをいろいろと思いやってくださって感謝のことばもない！」

見るのもこわい髑髏の仮面をはずそうとしたちょうどそのときでした。

水吉少年が、

「先生、あっちでチカチカ光るあかりはなんでしょう？」

突然、不安げにきいたため、みんなの視線はいっせいに水吉の指先のさす方角へと向かうのでした。

「あ、向こうのあかりが点滅しているところのことだね。あそこが姜博士の研究所なんだよ」

白仮面がそうこたえました。

そこは彼らがいま立っている場所から一キロメートルほどはなれた断崖の上に古城さながらのたたずまいで孤高にそびえる、威風堂々たる洋館でした。

「へえ、あれが研究所なの？」

みながいっせいにそんな声をあげたとき、

「おや？　たいへんだ！　姜博士はいま、なんらかの危険にさらされてるぞ！　見えるだろ、あのあかりの点滅信号を！」

白仮面は大声でそういうなり、さっと馬にまたがるではありませんか。

劉不亂先生もふたたび少年たちを車に乗せ、研究所へと道をいそぎました。

くりかえし明滅する電灯による信号……。それは一般に知られる電信信号のようなもので、トンツー、トンツーに似せ、電灯のあかりを利用して危険を知らせる信号でした。

危険がせまっているので、だれでもいいからはやく来て、助けてほしいという合図だったのです。

ああ、研究所では、またいかなる事態が生じているのでしょうか。姜博士の運命やいかに。でも水吉よ、心配なんてするんじゃない！　朝鮮随一《ずいいち》の劉不亂探偵と全世界をまたにかける白仮面がついているではないか！

二十三　ボタンを押せ

白仮面が乗った馬はいま、ながい尻尾をなびかせて車の百メートル先を姜博士の研究所に向かって疾走しています。

薄い月明かりのもと、はるか崖下で黄海の波浪は砕かんばかりに岩を打ち、夜はしだいにふけていきます。

見たまえ！　姜博士の研究所では、危険信号のあかりがなおも点滅しているではありませんか。

「ねえ、運転手さん！　もっとはやく！」

水吉少年は悪漢たちの刃物で刺され、ダラダラ血をながしてたおれている父の姿を脳裏に描きながらそうさけんだのでした。

そうするうちにも、白仮面と車は研究所の正門前までやってきました。夜空を背に仁王立ちした魔像を思わせる、見あげんばかりに高く厳めしいつくりの門構えです。

「さわがないように！」

そのとき、白仮面は低声《こごえ》でそういうとすべるように馬からおりました。劉先生、大準、水吉も車からそろりとおりていきます。

しかし、こちらがわにはいかなる武器もありません。さいぜんスパイたちになにもかもうばわれたからです。

「銃なしで、どうします?」

劉先生がそうきくと白仮面は、

「なくてもかまいませんよ。でも、いいですか。いま、あかりがチカチカしている、あの二階に姜博士は監禁されています。それに、一階の研究室には、どこの国のスパイだかわからないけど、何人かのスパイどもが新兵器の秘密をぬすもうとやっきになっているにちがいない!」

そのとき、窓から室内をのぞいてみると、はたしてふたりのスパイが黒いマスクで口と鼻をおおい、姜博士が考案した機械装置に真剣なまなざしを向け、操作しようとしているではありませんか。

白仮面はいっそう声を低めて、

「それでなんだけど、劉不亂さんは右側の扉の外にかくれていて、ぼくが『押せ!』って大声を出したら、扉わきの壁の内側に取りつけてある白いボタンをつよく押してください! いいですか?」

「わかりました! それじゃ、きみたちは音を立てずにこの窓の下にかくれていなさい!」

大準と水吉、そして運転手にそう指図した劉不亂先生は、足音をしのばせて右側の扉へと近づいていきました。

一方、白仮面は左側の扉へと向かっていくではありませんか。

「いったい、どうするつもりなんだろう?」

ナイフ一本もたずに白仮面と劉先生は、いったいどんな手をつかってやつらをやっつけるつもりなのか、いくら頭をひねってみたとて、ふたりの少年にはかいもく見当もつかないのでした。

運転手もやはり首をかしげるほかありません。夜はいっそう闇を色濃くしていきます。

黄海からひびいてくる波の音、樹林を吹きぬける風の音……。ふたりの少年は息を殺して窓の下で身をちぢめていたものの、どうにも気になってしょうがなく、首をのばして窓から研究室をのぞいてみたのです。

見たところ、スパイたちはなにやらボソボソいいながら機械装置のスイッチとおぼしき部分を押したり、ひねったり、引っぱったりしています。

彼らはまさか、窓の外にだれかがひそんでいようとは思いもしないようでした。

そのときでした。研究室左側の扉がそろりとあくと、風のように白仮面がスーッとあらわれるではありませんか。瞬間、スパイたちはハッとしたものの、すぐさま拳銃を取りだしてねらいをさだめたまま白仮面に近づいていくのでした。

「ほう、おめえのことなのか、白仮面とかいう野郎は！　だがな、へんなまね、しやがったら首、飛んじまうぜ！」

と、スパイのひとりがつたない朝鮮語で命じるようにいいました。しかし、白仮面はだまって両手をあげたまま一歩、二歩と円をえがくようにして研究室の中ほどまでうしろ向きにまわっていきます。

大準と水吉はこの先どうなっていくのか、ハラハラのしどおしで、いても立ってもいられません。やつらが一発、タンと撃ちさえすれば？　絶体絶命のピンチです。

そうするうちにも、白仮面はおそれをなしたかのようなそぶりを見せながら、なおもそろりそろりとさがっていくではありませんか。

そして突然、

「押せ！」

と白仮面が大声をあげるなり、二発の銃声がタン、タンと鳴りひびきました。

しかし、その二発の銃弾はすぐ目の前にいる白仮面のからだをそれ、天井に当たっただけです。

なぜそんなことになったかといえば、白仮面が「押せ!」と大声をあげるなり、すかしてあった右側の扉からすべりこんだ劉不亂先生がパッと手をのばし、扉わきの壁の内側についている小さなボタンを力いっぱい押したためなのです。

ボタンを押した瞬間、それまでスパイたちが立っていた床板が二メートル四方程度、突如ゴトンとぬけおち、スパイふたりは底知れぬ暗い穴の中へおちてしまいました。

ああ、うす気味悪いほら穴。それは地の底ふかいところで絶壁をつきぬけ、黄海の海へとつうじるおそるべきぬけ穴だったのです。

「アッ!」

というスパイたちのさけび声と彼らのはなった銃声は同時に聞こえました。

白仮面と劉先生が前に出て、スーッとつめたい風がふきあげてくる真っ暗な穴にじっと耳をかたむけてみたときには、とおく下のほうからかすかにひびく岩打つ波の音のほかにはなにも聞こえてはきません。

一方、すかさず水吉と大準は二階へ向かって階段を駆けあがっていきます。

「あ! あれだな、とうさんが監禁されてる部屋は!」

大声をあげる水吉少年の指は、いまなおチカチカ光のもれる部屋をさししめしました。

「そうだ! 姜先生の部屋だ!」

ふたりの少年は駆けよってドアを押してみたのですが、がんじょうな鍵がかかっていてびくともしません。

ややあって白仮面、劉先生、そして運転手が駆けあがってきて、みなで力をあわせていっせいにドアを押したのです。

ついにドアはあきました！　ああ、しかしみなはそこでなにを見たのでしょう？

姜博士！　口に猿ぐつわをかまされ、うしろ手にグルグル巻きにしばられた姜博士。気力をつかいはたしたのか、死んだも同然のかっこうで姜永済《カンヨンジェ》博士は壁に背中をあずけながらも、電灯のスイッチを頭で押したりはなしたりしていたのでした。

「とうさん！」

駆けよってくる愛する息子水吉少年の姿をみとめるなり、姜博士は床にたおれてしまいました。

「姜先生、しっかりしてください！」

白仮面と劉先生は猿ぐつわと縄に手をかけてほどきながら姜博士に声をかけます。

「すっかりかたがつきましたよ！　みなわれわれの手にもどったんです！」

そのとき姜博士はやっとのことで目をあけて、ぐるり自分のまわりを取りまく人々を夢でも見ているかのようにながめ、苦悶の表情をのこしながらもにっこり笑みをうかべるのでした。

「あ、そうなんですか」

姜博士はゆっくりと手をさし出し、白仮面と劉不亂先生の手をにぎりしめました。

「ありがとう！」

そして、姜博士は水吉少年と大準少年の頭をなでてやりながら、

「おまえたちの顔を見るのもひさしぶりだな！　サーカス見物から帰る途中、この白仮面につれてい

かれ……」

と、力なく笑って見せました。

「とうさん、ぼく、とうさんとはもう会えないんだと思ってた！」

水吉は父の胸に顔をうずめて泣きはじめました。

水吉よ！　かなしくて泣いているのか、うれしくて泣いているのか？

二十四　白仮面の顔

しばらくたって、ようやく姜博士は気力を取りもどしました。

ほっとした表情をうかべた劉先生は白仮面に視線を向け、

「そろそろ、その無気味な仮面をぬいではどうですか」

と、ていねいな口調ですすめたところ白仮面は、

「いいでしょう！」

こころよく返事をしながら、顔をスッポリおおっていた髑髏の仮面をそろりとぬぎにかかるではありませんか！

ああ、白仮面、白仮面！　世の人々が知りたがっていた白仮面の素顔が、ついに他人の目にふれるのです！　四十歳前後の凛々しい紳士。面長の美男子で、らんらんと光る目！

「とうさん！」

大準少年はそのときはじめて、心の奥底から、とうさんとよびたい思いがつきあがってくるのでした。いま眼前に見る白仮面の素顔――それは大準少年が四歳のときから、直《じか》に見たくてたまらなかった面差《おもざ》しであり、写真でしか知らなかった父親の優美な風貌《ふうぼう》でした。

「大準、かあさんも元気にしてるかい？」

白仮面は、いや朴之龍《パクチヨン》氏は、いや大準の父はやさしい声でそうたずねながら、愛する息子大準をしっかりとだきしめてやりました。

しかし、大準はだまったまま首をたてに振るばかりです。

「かあさんは薄情なとうさんのことを、さぞかしうらんでるだろうな?」

「そんなことないよ。写真を取りだして、いつもとうさんの話ばかりしてる。とうさんはインドのセイロン島ちかくでおそろしい海賊につかまり、もうこの世にはいないんだって……。そんなことをいいながらぼくをだいて泣いてばかり。生きているなら手紙のひとつでも出してくれるだろうけど、それさえないんだから亡くなってるにちがいないって……」

「ウウム!」

朴之龍氏は一度ふかくうめいて、

「じつは一度手紙でも書いて生きてることを知らせたかったんだが、事情が事情だけにそういうわけにも……」

それから、朴之龍氏はこれまでのいきさつをつぎのとおり話したのです。

十年前のことです。商用で世界各国をまわっていた朴之龍はインドのポンペイで小さな汽船に乗り、インドの南端をへてマラッカ海峡をとおりぬけ南シナ海をわたって朝鮮にもどるつもりでした。

ところが、ポンペイを出航したその汽船がセイロン島を通過してマラッカ海峡へ向けて進んでいたそのとき、夕闇のたれこめた海上の向こうから、一艘《いっそう》のあやしい船が突然姿をあらわし、ものすごいスピードで汽船に向かってきたのです。

「アッ！　海賊船だ！」

双眼鏡でその船を注視していた船長がそうさけんだときには、もう百メートル先までやってきていました。

そして、海賊船と汽船とのあいだで銃撃戦がはじまったのでした。とはいえ、ほどなく汽船の船長は白旗をあげて降参せざるを得ません。

そして、ナイフや銃で武装した男たちがつぎつぎと汽船に乗りうつってきたのです。それは南シナ海を根じろにして近海一帯を荒らしまわっていたさまざまな外国人からなる海賊の一味でした。

その海賊たちは汽船の乗客の持ち物をすっかりうばったあと、乗客のうち機敏で力のありそうな青年を何人かとらえていったのです。朴之龍もそのうちのひとりでした。

その後、朴之龍はそのおそろしい海賊船から逃げようと機会をうかがっていたものの、なかなか逃げられなかったのです。

そうするうちにも歳月はやすみなくながれていきます。いまでは海賊になった朴之龍、彼はしだいに海賊たちに信用されるようになり、彼らの秘密をすっかり知るようになりました。

彼らの秘密――それは世界各国をめぐり、それぞれの国でもっとも貴重な宝物をうばいとるという企《たくら》みです。

しかし、そんな危険な役目をはたせる者は彼らの中にひとりもいませんでした。

そのとき、

「首領《しゅりょう》！　わたしがとってきます！」

と志願したのが朴之龍だったのです。

首領は許可しました。ところが、この首領の許可にはつぎのようなおそろしい条件がついていました。

「万一、おめえがどこかへ逃亡したり、わしらの根じろを警察《サツ》にたれこんだりなんかすりゃ、その場でお陀仏《だぶつ》になっちまうぜ。おめえの行く先々にはかならず監視人がついてるからな」

こうして、朴之龍は英国南部の港町サウサンプトンに上陸し、白仮面の仮面をかぶってロンドンにはいって行きました。

はたして、彼の行く先々にはおそろしい監視の目がひかっていたのです。それでしかたなく、彼はぬすんだ物はなにもかもその監視人の海賊にわたさないわけにはいきませんでした。こうして、ロンドンからベルリンへ、ベルリンからパリへ、パリからニューヨークへ。しかし、白仮面は上海のとあるうす暗い路地裏でその監視人を殺してしまいました。そうすることによって、はじめて朴之龍は、そのおそろしい海賊の一味からきっぱりと手を切ることができたのです。

そんなとき、朴之龍は国際都市上海で捨てておけない情報を入手しました。すでに世界各国のスパイたちが姜永済《カンヨンジェ》博士が研究中のおそるべき新兵器の秘密を記した手帖を手にいれようと京城府内に侵入しているというのです。

(ようし！　やつらよりも先に、おれがその秘密手帖と姜博士を安全な場所へかくしてやろうじゃないか！)

白仮面は胸のうちでそうさけんで朝鮮へもどってきたのです。

「だけど、スパイどもがサーカス団の曲芸師にふんしてやってくるなんて夢にも思わなかった。東亜ホテルで偶然やつらの正体に気づくまではね」

朴之龍氏のながい話がおわりました。だれもがみな朴之龍氏のへてきた数奇な運命に思いをはせ、フーッと吐息をもらすのでした。

「劉不亂さんにあんな脅迫状をおくったのは、けっして悪意があったわけじゃない。劉不亂さんの身をまもるためだった。スパイたちは、すきあらば劉不亂さんを殺してでも秘密手帖をうばおうとするんでね」

「ええ、ぼくもはじめはあなたの本心がわからなかったんですけど、南大門での事件があってからというもの、白仮面という人物はけっして悪意をもってうごいているんじゃないって思うようになったんです」

と劉先生はこたえながら窓をあけ、いつしか朝日に染まりはじめた黄海を見おろしました。

「さあ、すんだ話はこれぐらいにして京城へもどろう！」

そういって劉先生が向きなおったとき、朴之龍氏はぬぎすててあった髑髏の仮面と白いマントをひろいあげ、はるか下に見える波立つ海に向かってほうりなげ、

「白仮面よ、さらば！　おまえの人生はこれでおしまいだ！」

といいました。その声ははればれとした喜色にみちたものでしたが、どこか一抹《いちまつ》のさびしさをふくんでいるようでもありました。

大準少年と水吉少年は白い蝶さながらヒラヒラ舞うようにおちていくマントを首をのばして見おろしながら、

「白仮面、さようなら！　白仮面、さようなら！」

そっと声に出してよびかけるのでした。

ああ、秘密手帖もわれらの手にもどった！　世界の発明家姜永済《カンヨンジェ》博士も、無事に救出できた！　大準が十年ものあいだ、待ちつづけてきた父親ともめぐりあうことができた！

「いっこくもはやく京城へもどってかあさんをよろこばせなくっちゃ！」

大準と水吉は元気よく同時にそういいました。

こうして、水吉は姜博士と劉先生とともに車に乗り、大準は朴之龍氏と白馬にまたがり心をうきたたせながら研究所をあとにしたちょうどそのころ、波さわぐ黄海の海原に黄金色の光がキラキラ反射する輝きが眼前にひろがっていく光景が見えてきたのです。

だれもみな波瀾《はらん》にとんだ過ぎし日の出来事をすっかりわすれてしまったかのように、壮観この上もない、うっとりするほど華麗な大自然を目にするとき、彼らの心にきざしはじめたのは、ひたすら大いなる慈悲心、愛情でした。そして、大自然によってつむぎだされる愛する心の前には暗闇もなく、悲しみもなく、猜疑《さいぎ》もなく嫉妬もありません。希望の国！　希望の世界！

大準は馬の背で、水吉は車の中でさっと手をあげ、大きく振りながら、

「黄海よ！　黄ー海ーよ！」

と大声をあげました。

黄金窟

主要登場人物

劉不亂《ユブラン》……朝鮮で名高い探偵
学　準《ハクチュン》……孤児院で模範生とみなされている少年
白姫《ペッキ》……新しく孤児院に入所してきた少女
山童《サンドン》……孤児院の少年（学準をきらっている）
永吉《ヨンギル》……孤児院の少年
仁愛《イネ》……孤児院の少女
院長先生……孤児院の院長。劉不亂の知人
ネリ……インド人。プロの拳闘選手

一　小勇士

　ここにとびきりおもしろく、とてつもなくおそろしい一編の物語があります。それはうす気味悪く、摩訶不思議《まかふしぎ》な黄金窟に関する物語なのです。みなさんがこの話を最後までお読みになれば黄金窟とはいったいどこにある、どんな洞窟で、その中になにがかくされているのかを、だれよりもはっきりと知ることができるでしょう。

　学準《ハクチュン》という少年は両親のいない今年十六歳になる孤児なのです。だから、彼は七歳のときから現在にいたるまで孤児院で生活しなければならないのでした。

　学準少年が日々をすごす孤児院には、やはり両親もいないし、たよれる親戚もいないかわいそうな少年少女が三十人ぐらいいるのですが、中でも学準は手本とも見なされている、きわ立った存在です。彼は自分がただしいと信じることには身の危険をもかえりみず勇敢に立ち向かうばかりか、弱くただしい者をたすけ、つよくまちがった者を容赦なくぶちのめす人一倍勇気あふれる少年でした。

　それゆえに学準少年は院長先生から模範生と褒《ほ》められるばかりか、いく人もの子どもたちから実の兄同様にたよりにされ、好かれてもいたのです。

　ところで、学準のいる孤児院にいまからちょうど一か月前、白姫《ペッキ》とよぶ、とてもかわいい少女が入所してきました。

白姫は今年十四歳で、やはり両親も親戚もいないかわいそうな子どもなのですが、一か月前までは父とふたりでくらしていたところ、原因不明の病のため父をなくし、財産があるわけでもないのでやむなく孤児院へやってきたのでした。この興味をそそられる、おどろおどろしい一編の物語は、そのとき白姫がもってきた小さな仏像をうばおうと、毎晩のごとく黒い影が白姫の身辺にあらわれるところからはじまるのです。

学準は白姫がはじめて孤児院にやってきた日、おとなしくてかわいい白姫に目がひきつけられはしましたが、それよりもいっそう学準の心をとらえてはなさなかったのは、白姫がしっかりと胸にだいたまま、かたときもはなそうとしない小さな仏像でした。いや学準ばかりではありません。孤児院の庭に集まっていたほとんどの少年少女たちは、あらたに入所してきた白姫をぐるりと取りまいて、白姫が大事そうにだいている、きみょうな仏像を見つめていたのです。

それは銅で作られた物で、大きさはちょうどてのひらに乗るぐらい。子どもたちはそんな仏像をだいて新しく入所してきた白姫を不思議そうにしばらくながめていて、

「あんた、寺からやってきたの」

と、きいたのだけれど、白姫はウンともスンともいわず、目をまるくしながらうばわれまいとするかのようにさらにしっかり仏像をだきしめるのでした。

そのとき山童《サンドン》という、いちばん背の高い男の子がまわりの子どもたちをギョロリと見まわしながら、

「なあ！　こいつは寺からきたんだ。こいつのとうちゃんは坊主なんだよな、坊主の娘、ヤーイ、ヤーイ坊主の娘！」

そういってからかうと、ほかの子どもたちも山童にあわせて、

「ヤーイ坊主の娘！　ヤーイ、ヤーイ坊主の娘！」

などと、はやしたて白姫のふところから仏像をうばいとるなり、あたかもボールをなげるようにあっちへほうりなげては、こっちでうけたりしながら裏庭へまわっていくのです。

白姫は、ワッと泣きながらかえしてほしいとうったえるのですが、子どもたちはなかなかかえそうとはしません。

そのとき屋内にもどっていた学準が飛びだしてみると、白姫がポツンと立って泣いているではありませんか。

「泣くんじゃない。ぼくがきみの仏像を取りかえしてやる！」

学準はすすり泣く白姫をつれて裏庭へ走っていきました。なおも子どもたちは仏像をおもちゃにしてさわいでいました。

「山童、その仏像は白姫のものなんだから、かえしてやれよ」

学準はおだやかにそういったのです。山童はしばらくだまって学準をにらみつけると、

「フン、白姫のものなのにどうしておまえがでしゃばるんだ。また院長先生にほめられたいんだろ。フン、生意気な！」

山童はつねひごろから学準をきらっていました。自分のほうが学準よりも一つ年上なのに、どういうわけか院長先生は学準だけを模範生とよぶのがどうにも気に入らないのです。

「はやくこっちへよこせ！　かえしてやらないつもりなのか？」

「かえしてなんかやるもんか！」

その瞬間、すぐそばに立っていた白姫の身がすくむのでした。そして、学準と山童が組《く》んずほぐれ

つしながら地面の上をあっちへゴロゴロ、こっちへゴロゴロ上になったり下になったりする姿を目の当たりにしているうち、白姫は自分のためにたたかってくれている学準が、あたかもなにかの物語に出てくる勇士のように思えてきたのです。白姫の胸は感動と興奮に打ちふるえるのでした。

しかし、ふたりのあらそいはすぐにおわりました。院長先生が裏庭へやってくるのを見た山童が仏像をなげすて、表のほうへ走っていってしまったからです。

学準は仏像を白姫にかえしてやり、

「こんな仏像をどこで手に入れたの？」

白姫は感謝のしるしにちょこんと頭を下げてからこたえるのでした。

「おとうさんが亡くなるまぎわに手わたしてくれたものなんですけど、この仏像にまつわる世にも不思議な話が代々伝えられてきたんですって」

「世にも不思議な話？」

学準のからだがピクリとうごいた。

二　白姫の話

（白姫が肌身はなさずもっているこの仏像にまつわる世にも不思議な話が代々伝えられてきたんだって、いったいなにがあるっていうんだろう……？）

学準少年は知りたくてたまらない一方で、なんだか秘密めいた話を聞くのがこわい気もちもありました。

「世にも不思議な話って、いったいどんな？」

たまらず学準はたずねずにはいられず、大きなケヤキの木の下へ白姫をつれていくのでした。

「ええ、とってもこわいような、世にも不思議な話なの」

学準と白姫はケヤキの木の根もとにならんで腰をおろし、なにやら秘密のベールにつつまれているらしい、その小さな仏像をふたりの前に立てておいたのです。

「とにかく聞かせてもらおう」

「ウン、それじゃ話すわ。でもこのことは、おとうさんが息を引きとる前にだれにも話しちゃいけないって、おとうさんに口をすっぱくしていわれたんだけど、――あなたは悪い人じゃないし、信頼できる人だから聞かせてあげるわね」

「もしかして、この仏像の中に、なにかたいへんな秘密がかくされているってことなの？」

「ウン、もしこの秘密がほかのだれかに知られるとたいへんなことになるんだって、もしそんなことにでもなったら、この仏像をもってる人がとっても危険で、一歩まちがえればだれかにナイフでさしころされるかもしれないっておとうさんがいってたわ」

そんな話をする白姫もブルッと身をふるわせ、そんな話を聞く学準も全身に鳥肌が立ってくるのでした。

「それならそんなあぶなっかしいものをどうして大事そうにもってるんだい。さっさと捨てちゃえばいいのに――」

「ウン、それもそうなんだけど、おとうさんがいうにはこの仏像をたいせつにしてたら、朝鮮でいちばんの大富豪になれるんですって。――じゃあ聞いてちょうだい！　はじめからゆっくり話してあげる。とってもきみょうな話なの」

白姫が学準にかたったきみょうな話とはつぎのような内容でした。


白姫のおとうさんはわかいころから外国をあちこちまわりながら商売をしていたのです。アメリカから欧州へわたり、アラビア、インドをへて（みなさん、面倒でも世界地図をひろげてごらんになられるとはっきりとわかります）、おりしも世界でいちばん高いエベレスト山のあるヒマラヤ山脈までやってきたときのことでした。

みなさんがご存じのとおり、このヒマラヤ山脈は南側と西側がインド、北側が西蔵《チベット》、そして東側がビルマ（現在は独立国家ミャンマー）です。インドとビルマ（この作品が書かれた当時、インドもビルマもイギリスの統治下にあった）がいま英国の領土になっていることも、とうにみなさんは地理の時間にならったことと思います。

それはさておきまして、白姫のおとうさんが中国本土へ向かい、いましもヒマラヤ山脈にさしかかった、ある夕暮れどきのことでした。

太陽は西の山の向こうへかたむきつつあったのですが、その険峻な山間《やまあい》には一晩をすごせるような人家など一つとしてありません。しかたなく白姫のおとうさんはとある大きな木の根もとに荷物をおいて野宿するつもりでねころんでいると、たそがれ色の空におおわれた峠道の向こうから、どこかの婦人が何者かに追いかけられてでもいるかのように馬に乗ってこちらへやってくるのが見え、そのあとからやはり馬に乗った男たちがついてくるではありませんか。だれもが頭に頭巾《ターバン》をまき、ながいマントのような衣裳をまとっているところからみて男たちはインド人に相違ありませんでした。

婦人は白姫のおとうさんがねころんでいるそばまで走ってくると気力をつかいはたしたものか、ドサリと馬からすべりおちたのです。よく見ると、ああ！　婦人の胸からは真っ赤な血がまるで泉のようにドクドクあふれ出ているのでした。

そのインド婦人は齢のころ二十五、六歳ぐらいでしょうか、たとえ顔面は傷ついてはいても、容貌はととのっており、華麗な衣裳を身につけていることからさっするに、けっして首陀羅《シュードラ》［インドの下層民］ではありません。王族にちがいない、白姫のおとうさんはそう思いました。

その婦人は初めのうちインドのことばでなにやら低声《こごえ》で話しかけてくるのですが、白姫のおとうさんがインドのことばではつうじないとみて、こんどは英語で、

「たすけてください。おそろしい山賊に追いかけられているんです」

と哀願するのです。そのかわいそうな声を耳にするなり、勇敢な白姫のおとうさんは駆けよってその婦人をだきおこしてから、やはり英語で、

「あなたは拳銃をもってますか？」

そうたずねると、婦人はポケットから小さなピストルを取りだし、さし出しました。

ピストルをうけとった白姫のおとうさんはすばやく自分の服をぬいで婦人にかぶせ、婦人の衣裳をぬがせて自分がそれを身にまとったあと、よこたわる姿が見えないように折りとった木の枝を婦人の身の上にかぶせました。そして婦人の馬に乗って駆けだしたのです。

そんなこととはつゆ知らず、山賊どもは白姫のおとうさんをインド婦人だと思いこみ、どこまでも白姫のおとうさんを追いかけていくのです。太陽はいつしかヒマラヤ山脈の向こうへしずんでしまい、まっくらな闇のとばりが山間一帯をおおうころ、白姫のおとうさんは追っ手からのがれ、ふたたびそのインド婦人がよこたわっているところへもどってきました。

もどってみると、ああ、なんとも気の毒な！　山賊の銃に撃たれたその婦人は白姫のおとうさんがもどってくるのを待っているうちに息を引きとってしまったのです。その亡骸《なきがら》のよこに書き置きといっしょにいま白姫がもっているきみょうな仏像が置かれていました。

白姫のおとうさんはなによりもまず、婦人の書き置きを読んでみました。


――どなたかは存じませんが、わたくしを救おうとありったけの力をつくしてくださるあなたさまに、わたくしはあのインド洋よりもふかい感謝をささげます。深甚《しんじん》なる恩恵の万分の一でもおかえしするつもりで、この小さな仏像をあなたさまにさしあげます。あのおそろしい山賊どもがわたくしを殺そうと追いかけてきたのも、じつはこの仏像をうばおうとしたからにほかなりません。わたくしの家系は刹帝利《クシャトリヤ》［インドの王族］です。ところで、わたくしのご先祖様が莫大《ばくだい》な量の金銀宝物をある島に埋め、その場所を指ししめすある種の暗号がこの仏像の中にかくされているというのですけれど、いくらわたくしがその暗号とやらをさがしだそうと知恵をしぼってはみたのですが、どうしても見つけられませんでした。もしや、あなたさまに暗号を解く能力がおありなら、その暗号を見つけだし、わたくしのご先祖様がかくしているという莫大な量の金銀宝物を掘りだして手に入れてください。でも、どうか一つ注意していただきたいのはほかでもありません、この仏像をもっている人の身辺にはつねに危険と恐怖がつきまとうという事実でございます。わたくしのおじいさまも、おとうさまもおそろしい山賊の手にかかって命をおとし、いまわたくしもまた山賊の銃弾を胸にうけ、あとなん時間かの命でしょう――

こうして、白姫のおとうさんは世にも貴重な物とはいえ、なんだかこわいような仏像をもって朝鮮へもどり、その暗号を見つけだそうとあれこれためしてはみたものの、とうとうさがしだすこともできないまま世を去《さ》ってしまったのだと、白姫は涙ながらにこの仏像を手に入れたいきさつをはじめて会った学準にひとつももらさず話したのです。

ちょうどそのときでした。頭に頭巾《ターバン》をまき、背広をきたインド人の影が孤児院の門前をとおりすぎていくのをチラッと見た白姫は、ただ、

「アッ！」

と大声をあげました。

三　仏像の耳

「白姫、どうかしたのかい？」

学準少年もおどろいて白姫の腕をつかみながら声をかけました。

「インド人が、インド人がついさっき門の前をとおりすぎていったの！　こっちのほうをチラッチラッと見ながら――」

「なんだって、インド人が……？」

「ウン、顔の黒いインド人が……ああ、こわい！」

「ここでじっとしてろよ。行ってみてくるから」

学準は仏像を白姫の下衣《チマ》の中にかくしたあと、門の外へ飛びだしていきました。しかし、白姫が見たという、おそろしいインド人の姿はあとかたもなく消えてしまっていたのです。

そんなことがあってからというもの、この孤児院ではじつにきみょうな話が聞かれるようになりました。だれそれは月夜の晩に孤児院のうら庭であやしいインド人を見たといい、だれそれは夜にねていてふと目をあけると頭に頭巾《ターバン》をまき、ひげもじゃのインド人がぐっすりねむっている白姫のそばで目をギョロギョロさせていたというのです。

そんなある日の夜――学準と白姫はほかの子どもたちがぐっすりねむっているあいだにむっくり起

きあがり、だれもいないとなりの部屋へはいっていきました。電灯をともし、窓ぎわにあるテーブルをはさんでふたりは向かいあってすわり、れいのきみょうな仏像をくわしくしらべてみることにしたのです。

こうして、学準と白姫はしずまりかえった深夜、仏像をためつすがめつながめたり、さわったりするのですが、なにも目にとまるものはありません。そうしているうち学準がふと、

「待てよ。仏像の右がわの耳がすこしうごくじゃないか！」

そういって白姫の顔を見つめたのです。

「エッ、耳がうごくって？　ちょっと見せてよ」

白姫は首をのばしました。

「ほら、見てごらん！　仏像の耳がうごくなんて、思いもしなかったな」

「ほんと、すこしずつはなれていくわ」

学準が仏像の右がわの耳をつかんで、あたかも木《もく》ねじをはずそうとでもするかのようにしきりにねじってまわしていると耳はしだいに頭からはなれていくのです。

ああ、みなさん！　このきみょうな仏像の中からいったいなにが出てきて、どんな奇蹟が起こるのでしょうか？　あのヒマラヤの山間でおそろしい山賊の手にかかって殺されたインドの婦人がのこしていった書き置きの内容は、はたして事実がのべられているのか、ほら話なのか？

夜はしだいにふけてゆき、周囲は死んだようにしずかです。かわいそうな少年少女たちは、いま、となりの部屋でおかあさん、おとうさんと夢の中で会い、胸にしまってあるさまざまな思いをやりとりして、うれしさのあまり泣いている子もいますし、かなしくて泣いている子もいるでしょう。

しかし、学準と白姫だけはなにもかもわすれてしまって、その仏像の右がわの耳からなにが出てくるのか、たかなる胸をおさえながら息をひそめてすわっていました。

そのとき——木ねじみたいな仕かけになっている仏像のいっぽうの耳がスポンとぬけたすぐあとに、きつくまかれた紙切れがポトンとテーブルの上におちてきたではありませんか。

「ああ、暗号だ！　暗号だ！　あのインドの婦人のご先祖様が書きのこした暗号文だ！」

学準はくるったようにさけびました。

「白姫、白姫！　これさえあれば、きみは朝鮮でいちばんの富豪になれるんだよ！」

「ほんとうかしら？」

「ほんとうだとも！」

ああ、だけどもふたりはそこになにが書いてあるのか、かいもくわかりませんでした。英語みたいによこ書きで書かれていて、たぶんインドのことばなのでしょう。

四　おそろしいインド人

「ああ、インドのことばがわかればいいのにな！　――院長先生にインドのことばをご存じかどうか、たずねてみようか？」

「うん、そうね。あしたの朝、きいてみましょう」

そこで学準はべつの紙切れにその暗号文をそっくりそのまま書きうつし、それを明日《あす》、院長先生に見せるつもりでポケットにいれました。そして仏像から出てきた暗号文は元どおり仏像におさめたあと、木ねじをしめるようにして耳をねじり、すっかりもとの状態にもどしておいたのです。

ああ、白姫のおとうさんが一生をかけても見つけられなかった暗号文がついに見つかったのですから、白姫と学準はさぞかしうれしかったでしょう。仏像の耳が木ねじ状になっていようとは、夢にも思わないではありませんか。

「ああ、かみさまがわたしたちをたすけてくださったんだわ！」

ふたりは心から感謝の気もちをあらわしました。

「白姫、もし山のようなお金がきみのものになったらどうする？」

「半分は学準、あなたにあげるわ。そしてあとの半分はわたしたちみたいに両親のいないかわいそうな子どもたちにわけてあげる」

「そりゃいいね。ぼくたち、そのお金でりっぱな孤児院をたてよう。百貨店みたいなでかい建物をたて、そうやって朝鮮全土からかわいそうな子どもたちをみんな集めて、勉強もさせ、運動もさせ——ああ、そして白姫、きみは女子班の模範生になり、ぼくは男子班の模範生になり……」

「ああ、ほんとうにうれしい！　そうなったらいいのに！　学準、あなただって……」

まさにそのときだった。窓がギシッとあくなり、ひげもじゃのおそろしげなインド人がヌッとあらわれ、テーブルの上においてあった仏像を鷲《わし》のようないかつい手でむんずとつかむと、うすい月明かりの下を門の外へといちもくさんに駆けさっていったのです。

「アッ！」

学準と白姫は大声をあげるなり、気のぬけた人間のようにしばらくのあいだ、しゃべることもできず、ブルブルふるえているばかりでしたが、つぎの瞬間、勇敢な学準は、

「白姫！　あいつはあのヒマラヤの山中であのインドの婦人を殺したおそろしい盗賊だ。まんいち、あいつの手から仏像をうばいかえさなかったら、あいつのほうがぼくたちよりも先に莫大な金銀宝物を掘りだすんじゃないか。ぼくはあいつを追いかけて仏像を取りもどしてくるから、白姫、きみはこいつをなくさずにもっていて、朝になったらすぐに院長先生に見せるんだ」

早口にそういうと、やにわに暗号文を書きうつした紙切れを白姫の手ににぎらせました。

「学準！　行っちゃだめ！　まかりまちがえば、あのインド人に殺されるかもしれないのに。だめよ！　行っちゃだめ！」

しかし、そのときにはもう、部屋から飛びだした学準のうしろ姿が雲間からあらわれた月明かりを背にうけて、門をはしりぬけようとしていたのです。

(ああ、どうか学準の身によくないことが起こりませんように!)

白姫は胸の前で両手をあわせて、なにかしら大きな力の前に頭《こうべ》を垂《た》れました。時間がたち、みじかい夏の夜はいつしか白じらと明けてきましたが、おそろしげなインド人を追いかけていった学準はいっかなもどってはきません。

(いつ帰ってくるの、いつ帰ってくるの?)

いまかいまかと待っていると、いっそう不安がつのってくるのです。あの凶悪《きょうあく》なインドの盗賊たちにつかまって、あやしく光るナイフでさし殺されるかわいそうな学準の姿がまぶたにうかんでなりません。白姫は思いっきり泣きたかったし、自分が代わりにナイフでさされて死にたいほどでした。

(学準、いまどこにいるの? 学準、学準! 無事に帰ってきて!)

だが、一時間がたち、二時間がたっても学準は帰ってこないのです。

夜が明けると、白姫は待ちかねていたように事務室へ院長先生をたずねていきました。そしてことのしだいをくわしく話したあと、いっこくもはやく学準をさがしてほしいとうったえるようにたのむのです。

もともと院長先生は学準をことのほか気に入ってもいたので白姫の話にたいそうおどろき、

「ウーム、そうなのか! いつだったたか、わたしだってあやしいインド人をこの近くで見たことがあるんでね。それじゃ、そいつが仏像を……ウム! えらいことになったな」

院長先生は人一倍あたたかい心のもち主で、かわいそうな孤児たちを、あたかも自分の子どもとせっするようにかわいがりました。歳《とし》は五十に近い年配の紳士です。

「院長先生、学準をはやくたすけてください。こわいインド人につかまちゃったみたいなんです」

白姫は涙まじりの声でおねがいし、院長先生の腕にすがるのでした。

院長先生はしばらくのあいだ、だまってこしかけたまま、白姫の顔を心配そうに見つめてから、

「どれ、その暗号文を見せてごらん」

「はい、これなんです」

白姫は学準が暗号文を書きうつした紙切れを取りだしました。

「ウーム、――こりゃあインドの文字なんだろうね、チンプンカンプンだな」

そのとき院長先生はインドのことばがわかる友人――あの名高い探偵劉不亂《ユブラン》氏のことが、ふと思いうかんだのです。

「あ、そうだ！　劉不亂《ユブラン》さんをたずねてみよう」

そういってスックと椅子から立ちあがるとスタスタと前庭に向かっていきました。庭に出ると子どもたちを集めてことのしだいを話してきかせたあと、学準をさがすようにいいつけたのです。子どもたちはガヤガヤさざめきながら門を飛びだしていきました。

「さあ、白姫や、わたしといっしょにいますぐ劉不亂探偵をたずねにいこう」

院長先生は白姫の手を引いて出かけていきました。

五　名探偵

名探偵劉不亂《ユブラン》氏は京城《けいじょう》市街地の太平《たいへい》通に住んでいます。白姫と院長先生は光化門前で市内電車をおり、南大門方面へ向かってしばらくあるき、右手の路地へはいっていきました。するとすぐに、大きな洋館が見えてまいります。

「あれが名探偵劉不亂さんのお邸《やしき》だよ」

院長先生は低声《こごえ》でそういうと、白姫を先に立たせてその邸の正門をくぐっていきました。玄関前まできて院長先生が呼び鈴をおすと、年配の家政婦がドアをあけ、

「どちらさまでしょうか？　先生はまだ朝の散歩に出たままなんです。一時間ほどお待ちいただけましたら、もどられるとは思いますが……」

「あ、それでしたら待たせていただきましょう。わたしは劉不亂さんの友人なんですがね」

「では、こちらへおはいりくださいまし」

家政婦の案内で院長先生と白姫は豪華な応接室へはいり、名探偵がもどってくるのを待ちうけていました。

白姫はもう気が気ではありません。

（劉不亂さんがいくら名探偵なんだとしても、はたしてあのおそろしいインド人の手から仏像を取り

もどしたり、学準を無事に救いだしたりなんかできるのかしら?)

「劉不亂さんってどんな顔かたちをしていらっしゃるんです?」

白姫が問いかけると、

「ウム、スラリと背が高くって、黒縁めがねをかけ、八字《はちじ》ひげをはやした、なかなかカッコいい人だよ」

院長先生がそんなふうに話してきかせたちょうどそのときでした。廊下をあるいてくる大きな足音がして、応接室のドアがギーッとひらくではありませんか。その瞬間、白姫と院長先生は、

「アッ!」

と、さけばずにはいられませんでした。

みなさん、なんということでしょう! ふたりの前にあらわれた人物、それは待ちうけていた劉不亂氏その人ではなく、まさにゆうべ仏像をうばっていった、あのおそろしいインド人だったのです。

「あいつよ、仏像を……」

白姫は院長先生の腰にしがみつき、ふるえる指でインド人を指さしますが、インド人はいっかな動じるけしきもなく、その表情の読めない黒い顔で室内をぐるりと見まわしました。

しかし、院長先生は勇敢でした。白姫をしっかりだいたままインド人との距離をつめながらどなったのです。

「この子の仏像をうばったのはあんたなのかね。すぐにかえしたまえ!」

インド人は口をひらこうともせず、じっと立っているかとみるや、インドのことばでなにやらボソボソ話しだしたのですが、白姫と院長先生にはひとことだってわかりません。

「院長先生、あいつよ、ヒマラヤの山の中であのかわいそうなインド婦人を殺したおそろしい盗賊……」

ふるえる声で白姫がそういったとき、どういうわけかインド人はニコニコわらってから朝鮮語で、

「きみが仏像をとられた白姫という子どもだな」

そういってから、こんどは院長先生に向かって、

「院長先生、よくきてくださいました。施設の子どもたちのことを心からたいせつに思っていらっしゃる院長先生ですから、学準っていう少年が帰ってこなくてさぞかしご心配でしょう。それでわたしに仏像と学準を取りかえしてほしいっていうのですね？」

そのときようやく院長先生も、その男が名探偵劉不亂《ユブラン》氏であることに気づき、仰天しました。

「いや、すっかりだまされてしまいましたよ、お人が悪いですな！」

「ハッハハッハ――院長先生、お怒《いか》りですね。ゆるしてください。じつをいいますとね、とおからず院長先生がわたしをたずねてみえ、インド人に変装して、その盗賊の巣窟《そうくつ》にはいりこんで仏像と学準を取りかえしてほしいってたのまれるんじゃないかと思ったものですから、一度ためしにやってみたんですよ」

劉不亂探偵はそしてまた、ハッハハッハと豪快な笑い声をのこして応接室から出ていきました。たぶん顔をあらって着替えてくるつもりなのでしょう。

白姫はあっけに取られていました。探偵は変装するのが上手だと聞いたことがあったものの、あれほど本物そっくりに変装できるなんて夢にも思わなかったからでした。劉不亂探偵がきっと学準をすくいだしてくれるものと、白姫は確信しました。

そのとき劉探偵が着替えをすませて部屋にはいってくる姿を見ると、黒縁めがねをかけ、八字《はちじ》ひげをきれいにのばした凛々《りり》しい紳士でした。

院長先生は劉探偵と向かいあってこしかけ、

「しかし、いったいどうして？　仏像がぬすまれたって、どうしてわかったんだね？」

そうたずねたところ探偵はハッハとわらいながら、

「職業がら、それぐらい知らないわけがありますか。――じつをいいますとね、今朝三清洞公園《サムチョンドン》に向かって散歩しているときに、孤児院の子どもたちが木立の中でなにかをさがしているのが目にとまったんですよ。おかしいなと思ってたずねてみると、学準という勇敢な少年が仏像を取りもどそうとインド人を追いかけていったきり、まだ帰ってこないというんです。こりゃ、きっと院長先生がお見えになるって思いましてね――ハッハッハッハッハ」

（なんだ、そういうことだったのね！）

それでようやく白姫にもなにもかも合点がいったのです。

「ところで院長先生、もうすこしくわしく話してくださいませんか。いったいその仏像っていうのはもともとどこにあったものなのか、小さな銅の仏像がどうしてそれほど貴重なんでしょうか――」

それで院長先生は白姫のおとうさんがヒマラヤの山中で、あるインド婦人からその仏像をもらったことからはじめて、これまでのくわしいいきさつを話しました。

「ほう！　それはおもしろい。では、その暗号文を書きうつした紙切れを見せてください」

六　暗号文

院長先生が学準の書きうつした暗号文を取りだすと、劉不亂探偵はしばらくのあいだ、だまったまままその紙片に目をおとしていたところ、不思議なものでも見るようにいくども首をかしげるのでした。院長先生が、

「インドのことばですよね?」

と気づかわしげにきいたところ、

「ええ、文字はもちろんインドの文字なんですけれどもね、どうにも意味がすっきりしないんですよ」

探偵はなやましげに顔をしかめています。院長先生も眉根《まゆね》をよせ、

「いったいなんて書いてあるんです?」

「こんなふうに書かれているんです。いまから朝鮮語に翻訳してみますので、院長先生は手帳に書きとってください。この原文の写しまでもなくしてはいけませんから」

院長先生は万年筆と手帳を取りだし、劉探偵の口に視線をそそぎました。

「では、読みますから書きとってください」

聖なる川がながれる海、
龍に乗った鶏が、
赤道をあるいていくと、
いちばんながい夜、
月はどこにあるのか？
鶏の頭の上に。
くちばしの影がさすところ。
そこから南へ百歩、
そこから東へ三十歩、
そこから北へ十歩、
そこから西へ二歩、
それはだれのものなのか？
見つけた人のもの。

「書きとりましたか？」

劉不亂《ユブラン》探偵がきくと、

「ええ、書きとりはしましたがね、これじゃまったく、チンプンカンプンですな」

「まだはっきりとはわかりませんが、たぶんその莫大《ばくだい》な宝のかくし場所をおしえる暗号文なのでしょうね」

「ほう！　それじゃ、そのインド婦人のいったことはほんとうだったんだね？」

「いや、まったく夢みたいな話なんですけどね、事実だと信じるしかないでしょう」

「ウム！　まるでなにかのおもしろい探偵小説に出てくる話のようですな」

「探偵小説よりもおもしろいですし、もっとこわい話になるかもしれませんよ」

暗号文を食い入るように見つめる劉不亂探偵の両眼には、もえるような好奇の色がありありとうかんでいました。そして狂人さながらの口ぶりで、

「――聖なる川がながれる海？……それはさておいて……龍に乗った鶏とはなんのことだろう？……かいもく見当がつかない。……いちばんながい夜？……ウム！……月はどこにあるのか？　鶏の頭の上に。くちばしの影がさすところ……」

探偵は暗号文を暗記しようとでもするかのようにつぶやくのです。そして、

「龍に乗った鶏？　龍に乗った鶏……？」
二、三度声を高めていうと、院長先生に向かって、
「院長先生、いまから図書館に行ってきます」

そういってスックと立ちあがったちょうどそのとき、家政婦が山童《サンドン》をつれて部屋にはいってきました。

山童はのどがカラカラになったのか、あえぎながら、

「院長先生がこちらにいらっしゃるときいたもんで、すっとんできました。ぼくらは三人ずつ組んで学準をさがしまわっているときに、なんていったらいいか、へんちくりんなものを見つけたんです」

「なに、へんちくりんなもの……？」

探偵と院長先生は同時にききました。

白姫は学準が無事でいることを心の中でいのりながら、自分をあれほどからかってたのしんでいた山童が、いまになってみると根っからの悪い子どもではないように思えてくるのでした。

「へんちくりんなものだって？　もっとくわしくいいたまえ！」

怒ったようにことばの先をうながす劉不亂《ユプラン》探偵。

山童は二、三度、フーッと深呼吸してから口をひらきました。

「ぼくと永吉《ヨンギル》と仁愛《イネ》と……三人で鍾路《チョンノ》方面をさがすことになり、あちこちさがしまわっていたときのことなんです。大どおりの角の鍾閣《チョンガク》（大きな鐘を吊りさげるための建物）前まで行ったところ、とおり道に白墨《はくぼく》で『ハクチュン』って書かれているんです」

「ウム、それで？」

「それで、なにかの合図じゃないかっていう気がしたので南大門のほうへ足をのばしてみたら、朝鮮銀行の前にも『ハクチュン』っていう名前が書かれていたんです。それから南大門の前にもその名前が書いてあって、最後に京城駅の改札口の前でもおなじものを見つけました。たぶん学準は自分があるいてきた道すじを知らせようと思って、自分の名前を書きながらインド人を追いかけていったんじゃないでしょうか？」

そういって山童が探偵と院長先生に視線をなげかけたときでした。劉不亂探偵は怒ったようにテーブルの上においてある電話機の受話器をつかむと、

「もしもし、交換手！　至急、朝鮮ホテルにつないでくれたまえ！　――あ、朝鮮ホテルですね？……ちょっとうかがいますがね、数日前からそちらのホテルにインドからやってきた拳闘選手たちが

泊まっていませんでしたか？　それで彼らはまだそちらに泊まっているのでしょうか？……なんだって？　チェックアウトした！　ゆうべ！　ウウム――」

にわかに探偵の顔がくもり、絶望の色をうかべるのでした。

「インドからやってきた拳闘選手がどうかしたのかね……？」

院長先生にたずねられて劉探偵は、

「一週間前、上海からインド人だけのプロの拳闘選手たちがきて、三日間、京城グラウンドのリングで試合をやってたんですが、やつらこそあのおそろしい盗賊の一味だったんですよ。それに勇敢な学準くんがとおりすぎた道の目印として自分の名前を書いていったところをみると、もちろんつかまったんじゃなく、彼らのあとをつけていったのにちがいないですね」

七　きみょうな電報

劉不亂《ユブラン》探偵の説明を聞き、だれもがいっそうおどろかずにはいられませんでした。

「それじゃ、そいつらはどこへ行ったんです?」

白姫と山童がたずねました。

「さあて、そこが問題なんだ。学準が京城駅の改札口の前に自分の名前を書きしるしたところからみて、京城駅から汽車に乗ったことは確実なんだが。あ、待てよ! 駅長に電話で問いあわせてみよう」

劉探偵はまたもや受話器を取りあげました。

「……あ、駅長さんですか? 少々おたずねしたいことがありましてね。ゆうべインド人一行が京城駅から乗ったはずなんですが、どこ行きの列車に乗ったのか、わかりませんでしょうか? ええ……仁川《インチョン》行きの列車に乗ったようなのですがね、もうしわけないんですけど、ちょっとおしらべいただきたいんです。…………そうですか? やはり仁川行きの列車に乗ったんですね。おいそがしいのに、どうもありがとうございました」

劉探偵は受話器を架台にもどすと、命じるように、

「院長先生、やつらは仁川から大連《だいれん》行きの汽船に乗って朝鮮を去ろうとしているのにちがいありませ

ん。その大連行きの汽船は明日《あす》の午後三時に出航する予定になっていますから、それまでやつらは仁川にいるはずです。もちろん学準も仁川までつけて行ってるでしょう。ですから院長先生はすぐに仁川まで行って……」

ちょうどそのときでした。永吉《ヨンギル》と仁愛《イネ》が駆けこんできて、

「院長先生、白姫に電報がきています。学準から――」

そういって一通の電報をさしだしたのです。

「なに、学準から？　電報が？」

劉探偵はひどくおどろき、電報をうけとるなり電文に目を走らせると、にわかに顔色が青ざめ、額にはなやましげに二本のしわがきざまれるのでした。院長先生も心配でたまらず、

「いったいなんと書いてあるんです？」

と、おそるおそるたずねましたが、劉不亂《ユブラン》探偵は返事をしようともしません。

学準が白姫におくった電報の内容はつぎのとおりです。

――白姫、ぼくがゆうべ暗号文を書きうつした紙切れをだれにも見せず、すぐに仁川まできてくれ。今夜九時半、月尾島《ウォルミド》へわたる桟橋《さんばし》のたもとで会おう。かならずきてくれ。学準――

「こりゃあ、いったいどういうつもりなのかね？」

そういって院長先生は目をまるくしながら劉探偵を見つめました。劉探偵は、

「学準少年がゆうべこの暗号文を紙切れに書きうつしたのは院長先生に見せようとしたからだったの

に、いまになってだれにも見せるなというなんて、これほど不可解なことがありますか？」

「ウム！　こいつはたしかにおかしいぞ！」

「とにかく院長先生はいますぐ子どもたちをつれて仁川まで行って、学準少年をさがしてください。ぼくは白姫といっしょに午後五時着の汽車で行きますから、仁川駅でおちあいましょう。いっときでも、いや一分一秒でもはやく行かなきゃなりません。おそくなればなるほど、学準少年の身が危険になりますから！」

　そのとき白姫はブルッと身をふるわせながら、

「探偵さん、それじゃ学準はつかまってしまったのですか？　そうなのですね？　だったらはやく学準をたすけてあげてください！」

　涙まじりの声でそういうと、

「よしよし、なにも心配なんてしなくっていいとも！　きみはぼくといっしょにあとから五時に着く汽車で仁川見物に行くとしよう、いいね？　仁川であそぶのもおもしろいよ」劉探偵はそういって白姫をなだめようとするのですが、おそろしい想像にとらわれて憂《うれ》いはつよまるばかりで白姫の胸は張りさけそうになっていました。

　こうして、白姫と劉不亂探偵はあとから仁川に向かうこととし、院長先生は一足先に山童《サンドン》、永吉《ヨンギル》、仁愛《イネ》の三人の子どもをつれて京城駅から仁川行きの列車に乗りました。いったい学準は仁川でどうなっているのでしょう？

八　太陽丸

院長先生が三人の子どもをつれて仁川駅についたとき、時刻は十二時をすこしまわっていました。そして、月尾島の海岸をさがしてみたり、仁川港をくまなくみてあるいたりするのですが、どうしても学準の姿は見つかりません。しかし、今夜九時半には、学準が白姫に会うために桟橋附近まで来るという電報がとどいていたことを思いだすと、院長先生はひとまず安心し、夜の九時半まで待つしかないのでした。

ところで、仁川駅午後五時着の汽車で来ることになっていた劉不亂探偵はその列車に乗っていなかったので、いささか心配にもなっていました。

そうしているうちにも、学準が白姫と会おうという時刻の九時半はしだいに近づいてきます。六時になってもあらわれず、七時になっても劉不亂探偵は姿を見せません。

日がしずみ、いつしか月が出てきました。月は雲にかくれては、また姿をあらわします。八時になりました。はたして九時半になれば、学準少年は白姫に会いにあらわれるのか、それともあらわれないのか……？

そのときでした。京城からの汽車がガタンゴトンと音を立てながら仁川駅構内へはいってきたのです。人々が波のようにおしあいへしあいする中で、黒縁めがねをかけた劉不亂探偵と白姫がこっちへ急ぎ足でやってくるのが見えます。

　院長先生は顔をほころばせながら、

「どうしてそんなにおそくなったんだね？」

と、たずねたところ、探偵はすまなさそうに、

「えらく待たせてしまって、もうしわけありませんでした。暗号文を解読するため図書館へ行ってたんですがね、思いのほか時間がかかってしまいました。ところでぼくらは今夜、インド洋を目ざして金銀宝物をさがすために出発しなけりゃなりません」

　そう話す劉探偵の顔には得《え》もいわれぬよろこびがあふれていました。

　この夢のような話に院長先生は、

「つまり、その莫大な宝物がどこにあるのか、わかったというのかね？」

　早口にきくと、

「ええ、わかりましたとも！　――ですけど、くわしい話はあとまわしにして一刻でもはやく学準少年をたすけださなきゃなりません。あ、もう八時半！　学準少年が白姫と会おうという時刻まで、あと一時間しかないですから、院長先生は子どもたちをつれて港へ行き、太陽丸という汽船に乗って待っていてください。船についたらこの手紙を船長に見せれば、万事船長が親切にとりはからってくれますよ」

　そういうなり劉不亂探偵はポケットから一通の手紙を取りだし、院長先生にさし出すのです。

「それじゃあ、ほんとうに今夜汽船に乗って宝さがしに出かけようとでも？」

　院長先生は手紙をうけとりながらも、興奮にふるえる声でたずねました。

「そのとおり！　ですから院長先生ははやく港へ行って汽船に乗ってください。ぼくは白姫といっしょに学準をさがしだして、きっとあとからつれて行きますから、すっかり準備をととのえて待っていてください！」

「何時ごろに来られるのかね？」

「今夜の十時までにはかならず行きますよ」

「じゃあ、くれぐれも気をつけてくださいね。――よし山童《サンドン》、永吉《ヨンギル》、はやく港まで行って汽船に乗ろう！」

院長先生が声をかけると、子どもたちはワァワァ歓声をあげながら先をあらそうかのように、いちもくさんに駆けだしました。

おお！　いまからでかい船に乗り、金銀宝物をさがしに大海へ出かけていくなんて！　こんなに愉快なことはないし、まるで夢物語じゃないか！　しかし、その一方ではなにやらこわい気もちもありました。

こうして、劉探偵は白姫といっしょにどこかへ行ってしまい、院長先生は子どもたちをつれて港まで出て、太陽丸という汽船に乗りました。

汽船太陽丸の船長は顎《あご》ひげを黒々とはやしていて、白い詰め襟の制服に帽子をかぶり、首から双眼鏡をぶらさげています。院長先生が手紙をさしだすと、船長は受けとって手紙の封を切りました。

それは太陽汽船会社の社長からの書面による命令だったのですが、その内容はつぎのとおりです。

アメリカ行きは中止し、わたしの友人劉不亂探偵とその一行を乗せ、今夜すぐにインド洋へ向かって出航せよ！　くわしい話は劉探偵の口から聞くように！　――

船長は手紙を読みおえると、うやうやしい態度で院長先生と子どもたちを船室へと案内してくれるのでした。それで院長先生は事情がわからず目をまるくするばかりの船長にざっとこれまでのいきさつを話してきかせたあとから、

「だから今夜、インド洋のある島へ宝さがしに行くんです」

そういうと船長はさも愉快そうに、

「ほう！　そりゃあまた、とんでもなくおもしろそうですね！　それで今夜、劉探偵が学準と白姫をつれて、ここまでやってくるっていうわけなんですね」

「そのとおりなんです」

しかし、十時がすぎ、十一時がすぎても劉不亂探偵は姿を見せません。

「はて、そのおそろしいインド人に劉探偵がつかまってしまったんだろうか……？」

船長も院長先生以下子どもたちも気が気ではありません。夜はしだいにふけてゆき、海は夜風にふかれてザブンザブンと波がさわぎはじめたのですが、学準をさがしに行った劉探偵と白姫はいったいどうしたのでしょう……？

九　九時半

院長先生と別れた劉不亂《ユブラン》探偵と白姫は、そのまますぐに月尾島《ウォルミド》へわたる桟橋へと向かっていき、学準が来るという九時半になるのを待っていました。

月に照らされた桟橋にはひと気がなく風もさしてつよくはなかったのですが、あっちでバシャン、こっちでバシャンとたえまなく波の音が聞こえてきます。

白姫は桟橋のたもとにぽつんと立って学準がどこからかあらわれるのを待ち、劉探偵は近くにつみあげられた材木の山の影に身をひそませました。

はたして九時半になるとすぐ、暗い小路から学準少年がキョロキョロ見まわしながら、白姫がひとりで立っているところへ向かってやってくるではありませんか。そのとき材木の影にかくれていた劉探偵は、学準少年のうしろからゆっくりとついてくる、あやしいインド人に気づき、こぶしをにぎりかためました。

やはり劉探偵の思ったとおりだったのです。白姫に会おうと電報を打ったのは学準少年ではなく、学準少年をつれさったおそろしげなインド人のしわざでした。彼らは白姫の手から暗号文が書きうつされた紙切れをうばい、自分たちがまっ先に、いや自分たちだけがその莫大な金銀宝物をさがしだすつもりだったのです。

アッ！　その瞬間でした！　飛鳥のごとき身ごなしで材木の影から飛びだした劉不亂探偵は、

「ヤッ！」

気合いもろともインド人目がけて矢のように飛びついていきます。ふたりのからだはたがいにからまりあって地面にころがってしまいました。そのときインド人はポケットから青光りのするナイフを取りだしたのです。

「探偵さん！　あ、あ、あいつがナイフを……」

白姫はぶるブルブルふるえながらも声をふりしぼってさけびます。

「学準！　はやくナイフを……ナイフを取りあげて！」

そういわれてようやく学準も、そばにある材木の山のうらから飛びだしてきた男が敵ではなく、自分をたすけにきてくれた人なのだと確信できたのです。白姫は足をトントンふみならしながら、

「その人はあなたをたすけにきてくださった有名な探偵さんなの。学準、はやくあいつの手からナイフを……」

大声をあげ、学準に取りすがりました。いま探偵とインド人はあっちへころがったり、こっちへころがったりしながらすさまじくあらそっています。するどいナイフをにぎったインド人の手がさっとふりあげられた、その瞬間！　白姫は、

「キャー！」

ひめいをあげるなり両手で目をおおいました。あまりにもおそろしい光景だったからです。

しかしそのとき、よこに立っていた学準少年がやにわに飛びだし、ナイフをにぎっているインド人の手首に食いちぎらんばかりのいきおいで噛《か》みついたのです。するとインド人は、

「ウウッ――」

　ふかくうめき、にぎりしめていたナイフを手ばなしました。

　そのすきに乗じて劉不亂探偵は、

「やけに力はつよいがね、力はこうやってつかうのさ」

　そういうなり、相手の胸ぐらをつかんだかとみるや、水深が四、五メートルはあろうかと思われる海の中へかるがるとインド人をなげ飛ばしたのです。月の光に照らされながら波をかきわけ、ほうほうのていで逃げていくインド人の黒い背中――。

「探偵さん、どこにもけがはないですか？」

　学準と白姫は同時に声をかけました。

「どこにもけがはないけども、あいつがナイフをぬいたときは正直ひやっとしたね。学準がいなかったら、たいへんなことになるところだったよ。――あ、もう十一時か！　さあ、白姫、学準、いそいで汽船に乗ろう！　院長先生はぼくらがなかなか姿を見せないのでやきもきしてるだろうから――」

　こうして、彼らは月の照らす海岸線にそって、まっしぐらに汽船太陽丸に向かって駆けていきました。

　港まで駆けてきた彼らは小さな伝馬船に乗り、沖合にうかぶ太陽丸までたどりつくと、船長と院長先生は学準少年が無事に帰ってきたのでホッと胸をなでおろし、船長が、

「ところで、劉探偵、今夜出航しなけりゃならないんですか？」

　と、確認をもとめると劉探偵は、

「そうなんです。船長、いますぐ港を出なけりゃなりません。一刻《いっこく》も時間をむだにできませんのでね。

くわしいことはあとで話しますから、さあ、いますぐ出航しましょう！」

ただならぬ気配を感じた船長は、船員たちに向かって命じました。

「錨《いかり》をあげろ！」

命令がくだるなり、錨を引きあげる者、機関室へいそぐ者――月明かりが真昼を思わせる甲板の上を船員たちはせわしげにうごきまわります。

こうして汽船太陽丸は、

「ボーッ」

ながい汽笛をひびかせて波さわぐ黄海《ファンヘ》に向かい、ゆっくりと仁川港から出航していきました。

学準、山童《サンドン》、永吉《ヨンギル》、白姫、仁愛《イネ》――この五人の少年少女はいま、はるかインド洋まで宝さがしに出かけるという夢みたいな話に胸のときめきをしずめられずに、船のらんかんによりかかり、しだいに闇に消えていく仁川港のちらつく灯りをぼんやりとながめているのでした。

そのとき永吉が学準の肩をトンとたたいて、ききました。

「ねえ、あのインド人にどんなふうにつかまったの？　とおり道に名前を書いたのはきみだろ？」

「ウン、ぼくが書いたんだ。きみたち、見たのか？」

「見たにきまってるだろ！」

山童がこたえました。

学準少年があのおそろしいインド人にどうやってつかまってしまったのか、その話はつぎのとおりです。

十　出航

あの夜――勇敢な学準少年はインド人のあとをつけ、自分がとおった道すじの目印になるように自分の名前を書きのこしながら、京城駅まで行きました。すると駅にはほかのインド人が五、六人待っていて、みんないっしょに仁川行の汽車に乗ったので、学準少年はなけなしの金をはたいて仁川行きのきっぷを買って汽車に乗ったのです。

インド人たちは車内のすみに集まってなにごとかささやきあっていたのですが、学準にはひとこともわかりません。ときおり自分のほうをチラッとふりむくたびに学準は胸がドキドキするのでした。やつらは学準があとをつけてきたことをとうに知っていたのです。

こうして、仁川までは無事につきました。しかし、駅から海岸へ通じる、暗い小路までやつらのあとをつけていったとき、やつらは不意にあともどりし、よってたかって学準少年の腕をねじりあげ、なんだかあやしげな家の中へひっぱりこんだのです。その家のあるじも、やはりインド人でした。

やつらはなにやらひそひそ話しあったあと、学準を真っ暗な地下室へ引きたてていき、もしも夜明け前に暗号文を書きうつして白姫にわたしたあの紙切れをもってこねえなら、おめえを殺《ばら》しちまうぜと学準を脅迫するいっぽう、うばった仏像の中にかくされていた暗号文を取りだして、自分たちがまっ先に内容を解読しようと骨折っていたようなのです。

学準は死んだってもってきてなんかやるもんか、と大声をあげてこばんでいると、一味の中で朝鮮語のわかるインド人が、しょうがねえ、なら九時半に白姫がおめえをつれに月尾島《ウォルミド》桟橋のたもとまでやってくるから、ふたりして京城まで帰りなよ、とことばたくみにいうのでした。

しかしながら、じっさいは白姫がもっている暗号文の写《うつ》しをうばおうとして偽《にせ》の電報を打ったのでしたが、思いもよらず劉不亂探偵があらわれたため学準を逃がしてしまったというわけなのです。

学準の話を聞いていた白姫は、

「あたしのために殺されるかもしれなかったのね」

そんないたわりのことばを口にすると学準は、

「なんてことないよ。——そりゃそうと、劉不亂探偵はほんとうにあの莫大な宝のありかをつきとめたんだって?」

「ウン! わかったんだって。探偵さんは今日あたしといっしょに図書館に行って、なにかの本を山のようにつみあげて、ずっとしらべものをしていたの。すると突然、『あっ、わかった! わかった! 宝のかくし場所がわかった! インド洋、インド洋!』って、なんだかおかしくなったみたいに大声を出して、あたしをだきあげながら『あ、白姫、はやく仁川へ行って汽船に乗ろう! きみはこれで百万長者になれるんだよ』っていうといそいで図書館を出たというわけ。——あ、あっちを見て、探偵さんがこっちへいらっしゃるわ」

白姫は目で方向をしめした。劉不亂探偵は双眼鏡を首からぶらさげた船長と院長先生をつれてゆっくりとあるいてきて、

「学準くん! きみは勇敢な少年だね。きみはぼくの命の恩人だよ」

大いに褒《ほ》め、学準の手を力をこめてにぎりました。学準はてれくさそうに、

「とんでもありませんよ。探偵さんが来てくれなかったら、ぼくはあの凶悪なインド人どもに殺されていたかもしれません」

そういってから、

「それはそうと探偵さん、あの暗号文にはどんなことが書いてあったんですか?　おしえてください」

そうたずねると、よこにいる船長と院長先生も一刻もはやくその内容が知りたくてたまらず、

「あ、劉探偵、どうやってあの暗号を解いたのか、おしえてくださらんか。インド洋だなんてどうしてわかったんです?」

まわりから矢つぎばやに質問をあびせられた劉不亂探偵は、ニッコリしながらこたえました。

「さあ、それじゃ、いまからそのなぞを明かすといたしましょう」

十一　解読された暗号文

東の空の彼方が白じらと明け初《そ》めるころ、汽船太陽丸は黄海《ファンヘ》の荒々しい波を左右にかきわけながら、巨大なエンジン音とともに飛ぶように進んでいました。

劉不亂探偵は暗号文が書かれた紙切れを取りだし、うすい月明かりに紙面をかざしながら、

「それじゃ、ぼくがどうやって暗号文を解いたのか、それについて説明してみましょう」

そういうと、やおら煙草をくわえ一服吹かせたあと、興味しんしんな暗号文の解読がいよいよはじまります。探偵を取りまいて腰をおろした聞き手のだれもが、好奇にみちた目をきらめかせ、つばをごくりとのみこみながら、ひとことも聞きもらすまいと待っています。

「では、いまから暗号文をもう一度読んでみますから、しっかり聞いてください。――聖なる川がながれる海、龍に乗った鶏が赤道をあるいていくと、いちばんながい夜、月はどこにあるのか？　鶏の頭の上に。くちばしの影がさすところ。そこから南へ百歩、そこから東へ三十歩、そこから北へ十歩、そこから西へ二歩、それはだれのものなのか？　見つけた人のもの――これが暗号文のすべてなんです」

劉不亂探偵はさも得意そうにみなの顔を見まわしました。そのとき、

「どうしてその島がインド洋にあるとわかったのですか？」

と船長が問いかけました。

「それはこの暗号文の最初の節《せつ》がインド洋をしめしているからなんです。聖なる川がながれる海——この『聖なる川』とはいったいなんでしょうか？……みなさんは普通学校の地理の時間にならったものと思いますけど、聖なる川とは、けがれていなくて、もっともきれいで、神霊のやどる川という意味なのですが、インドでもっともきれいといわれているのはどの川でしょうか？」

劉探偵はそういうと院長先生、船長、そして子どもたちの顔を見まわしました。

（読者のみなさん、地理の教科書についている地図をひろげてみてください。そうすればよくわかります）

そのとき、よこにいた学準少年が、

「インドでいちばんきれいで神聖な川は、ベンガル湾にながれこむガンジス川です」

そうこたえると、劉探偵は、

「そのとおり！　ガンジスとよばれる川のことなのですよ」

と、うれしそうな声をあげました。

（読者のみなさん、学校で地理の時間に「カヤ」だの「ベナレス」だの「アラハバード」などという都市がみなこのガンジス川流域にあることをならいましたね。したがって、この「カヤ」、「ベナレス」、「アラハバード」がみなインド教（ヒンドゥー教）の聖地であることをおそわったでしょう。そこにはインド教の寺院の数が数千もあり、それらの寺院にお参りしようと各地から集まる人の数は毎年、数百万人にものぼるといわれています）

劉不亂探偵はこんな話をしばらくつづけたあと、

「それで、それらの寺院にお参りしようと集まる人たちは、まずこのガンジス川で沐浴《もくよく》し、すっかり身をきよめたあとに参拝するんです。つまり、彼らはこのガンジス川をひときわ神聖視し、もっともきよらかな川とよぶわけですね。ですから、この暗号文に『聖なる川』と書かれているのは、一点のくもりもなくガンジス川をさしているのです」

「ほう！　ガンジス川！——だとするとガンジス川はベンガル湾にながれこんでいるのに、どうしてインド洋まで行かなきゃならないんです？」

船長に問いかけられて探偵は、

「ごもっともな疑問ですね。しかしベンガル湾はインド洋とつながっているじゃないですか。そしてつぎの節——龍に乗った鶏が赤道をあるいていく、ここの赤道の句に注目すれば、宝をかくした島がインド洋にあることがわかります。なぜなら赤道はベンガル湾からうんとはなれたインド洋をとおっていますからね。ですけどもう一つの『龍に乗った鶏』という語句は難解でした」

「ウウム、『龍に乗った鶏』っていったいなんのことなんでしょう？　とんと見当もつきませんね」

と船長がいいました。劉探偵はしばらくだまってすわっていましたが、おもむろに口をひらきました。

「さいしょ、この『龍に乗った鶏』という語句にはお手あげでした。ですけど、それが文字どおり鶏が龍に乗ってあるくという意味じゃなく、どこかの島をさしていることぐらいまでは見当がついたんです。そうするとふと思いうかんだことがありまして、いつだったか以前、ある漢文の本にのっていた島の名前なんですがね。それで、すぐに図書館へ行って地理に関する漢文の本をかたっぱしからしらべていったところ、ああ、ぼくがさがそうとしていた島があったんですよ」

「なんという島なんです?」

みながいっせいにききました。

「鶏龍島《けいりゅうとう》っていう島です」

「けいりゅう島……?」

「ええ、鶏龍島!」

「インド洋に鶏龍島っていう島があるなんて初耳ですね。そんな島がどこにあるというんです?」

長年、船に乗って世界各国をまわってきた船長もまるきり聞きおぼえがなく、目をまるくしながらたずねました。

「もっとも地図にのるほどの大きな島じゃありませんがね。ぼくが図書館で見た本にはこう書いてあるんです。中国の清朝の時代にある船乗りがインド洋をわたっていて難破し、しかたなく、とある島へ上陸したんだけれど、その島の見た目が、まるで鶏が龍に乗ったようなかたちだったので、その島を鶏龍島と名づけたというわけです」

「それならその鶏龍島は、ちょうどインド洋の赤道の位置にあるというわけですよね?」

「もちろんそうでしょう」

「それならそのつぎの――いちばんながい夜、っていうのはどう解釈すれば?」

船長は興味をかきたてられたのか、たてつづけにたずねるのでした。

劉探偵の説明に耳をかたむける学準も白姫もおもしろくてたまらないようすです。

(劉探偵ってどうしてあんなに地理の知識がいっぱいあって頭もいいの……?)

と、うらやましくてしかたがありません。――いちばんながい夜って、どんな意味なんだろう?

「はやく説明を聞かせてください」

白姫がさいそくすると、

「じゃあ、つづけよう。――ところで、その前に一つ質問があるんだ？」

「なんですか？」

「白姫、一年のうちでいちばんながい夜はいつだか知ってるかい？」

「一年のうちでいちばんながい夜……？」

白姫はしばらく首をひねってから、

「あ、わかった。冬至の夜だわ！」

と、こたえました。

「うん、おりこうさんだね！　冬至の夜が一年のうちでいちばんながいんだよね。では、冬至は何月何日か知ってるかい？」

ふたたび劉探偵に問いかけられた白姫は、こたえられずにもじもじするばかりです。そのとき、よこにいた永吉《ヨンギル》が、

「冬至は陽暦では十二月二十二日で、陰暦では十一月中のいずれかの日になるんじゃないですか」

代わりにそうこたえると劉探偵は、

「そのとおり。陽暦では十二月二十二日だね。この暗号文の『いちばんながい夜』とはあきらかに冬至の日をさしています。そのつぎ――月はどこにあるのか？　鶏の頭の上に。くちばしの影がさすところ――これがどういう意味かといえば、冬至の夜、その鶏のかたちをした島のてっぺんに、ちょうど月がさしかかったとき、月に照らされたくちばしの先っぽの影がうつった地点から南へ百歩進み、

そこから東へ三十歩、さらにそこから北へ十歩進み、そこから西へ二歩だけあるけば莫大な宝物が見つかるということです。そして、それを見つけた者がその宝物のもち主になれると書かれているんです」

十二　暴風雨

劉不亂《ユブラン》探偵の刺激にとんだ暗号文の解読がおわったのは、火のかたまりのような雄大な太陽が東の空に顔を出し、無限にひろがる海面を茜色《あかね》にそめ、みるみるそのかがやきをましていくころあいだったのです。

子どもたちはわれ知らず胸の前で両手を組んで、威厳のある雄大な大自然の前に頭《こうべ》をたれるのでした。熟れた桃をも思わせる太陽、朝日をあびて黄金色に波うつ果てしない海、気ままに海の上をパタパタと飛びかうカモメのむれ、そんな自然の光景に目をうばわれ、そして一点の曇りもない空をあおいで清澄《せいちょう》な空気を吸いこむたびに、たとえようもない感謝の気もちとこの上もない幸福を全身に感じずにはいられないのでした。

両親もいないし、たよれる親戚とていない自分たちの身の上をつね日ごろさびしく感じていた彼らも、今朝《けさ》だけは父母の恩恵よりも大きく、父母の愛情よりもいっそうつよい力をこの大自然の中で感じとったのです。

(あたしたちはかわいそうな子どもなんかじゃないんだわ!)

(ぼくらはけっして自分のことをかわいそうだなんて思っちゃいけないんだ!　あの燦燦《さんさん》とかがやく太陽を見ろ!　この果てしのない黄海《ファンヘ》を見ろ!)

彼らはそれぞれ心の中でそうさけびました。じじつ、あの偉大な太陽と果てしなくひろがる黄海を目のあたりにして、彼らのさびしい胸のうちに、いつしか希望と光明の世界がしのびこんできたのです。

こうして、汽船太陽丸は、荒波にもまれながらも黄海を南に向けてやすみなく進んでいきます。いくらおくれるにしても冬至までに鶏龍島へたどりつかなくてはなりません。一日がすぎ、二日がすぎ、一週間、二週間、三週間——はたして鶏が龍に乗ったようなかたちの鶏龍島という島はあるのでしょうか、ないのでしょうか……？

黄海をわたった太陽丸はしばしば上海に寄港して食料品と燃料を補給し、東シナ海へと進んでいきました。そしてさらに台湾海峡をへて南シナ海へ進むまでは天候にめぐまれ、さして困難はなかったのですが、南シナ海をなかばすぎたときのことでした。

とつじょ、黒い雲が南方の空にもくもくと立ちのぼったかとみるや、にわかにまわりの空をおおっていきます。すると突然、強風が吹き荒れ、ザアザアとすさまじい雨がふりはじめるではありませんか。

そのとたん——まわりは真っ暗になり、山のような大波が押しよせてきます。甲板にふりそそぐ波しぶき。汽船はぐでんぐでんによっぱらった人の足つきさながら、あっちへかたむき、こっちへかたむき、いまにもしずむかと思われてなりません。

船に乗る人々もまた豆つぶみたいにあっちへゴロゴロ、こっちへゴロゴロ——そこにはとつじょ太陽が海のそこふかくしずんでしまったかのような闇がひろがっていたのです。

「船員以外はぜったいに甲板に出ちゃだめだ！」

「速度をおとせ！」

「舳先《へさき》を三十度東にまわせ！」

船長はたけりくるったライオンさながら、矢つぎばやに命令をくだしながら海水が滝のようにふりそそぐ甲板の上をはしりまわります。船員たちはせわしげにうごき、なにやらたがいにさけんでいるのですが、荒れくるう暴風雨の音にかきけされてひとことも聞きとることはできません。

学準と白姫、そして山童、永吉、仁愛——彼らはひろい船室の中を豆がはじけるようにころげまわり、劉探偵と院長先生のうでをギュッとつかんでブルブルふるえるばかりです。

「心配いらんよ、心配しなさんな！」

子どもたちをなだめながらも劉探偵と院長先生の顔は紙のように白くなっていました。

「あ、船室に水がはいってくる！」

そのとき学準が大声をあげました。

はたして船室の天井のすみから水がもれだしたのです。それでもはじめのうちはチョロチョロながれおちる程度の水もれだったのですが、つぎの瞬間にはまるで泉から水が噴きだすみたいにザーッとながれだすじゃありませんか。そのうちついに足首まで水につかり、ふくらはぎまで水につかり、とうとうひざまで水があがってきたのです。

劉探偵と院長先生は子どもたちをつれて甲板へ出る階段へ向かっていきました。そうしているうちにも、汽船はあっちへかたむき、こっちへかたむき、ひっくりかえりそうになりながらも、おそいかかってくる荒波をかきわけ、東南の方向にあるボルネオ島に向かって進んでいきます。

「どうすりゃいいんだ？　えらいことだぞ！」

院長先生がこうふんした声をあげると劉探偵は、

「どうにもしようがありませんね。うんめいを天にまかせるしかありませんよ」

そういうと、こわくてふるえのとまらない子どもたちをしっかりとだきしめるのでした。

そのとき甲板でくるったように船員に命令をくだしつづけていた船長が、ひさんな顔で船室に飛びこんできてさけびました。

「みなさん！　太陽丸はついに沈没します。あと一時間も、もたないでしょう。責任は、おろかなわたしにあります。ですから、みなさん、救命具をつけてください。やれるだけのことはやってみましょう」

そして、コルクでできた救命具を一つずつ人数分をなげてくれたのです。ああ、汽船太陽丸はいまから一時間もたたないうちに暗闇の中、そこ知れない海のそこへしずんでいくしかない、おそろしくも残酷な運命をむかえようとしています。ビュービュー吹きつけてくるようしゃのない海風、はげしくたたきつけてくる大つぶの雨、汽船におおいかぶさる巨大な波とう――船にいる人々の余命《よめい》はあとたったの一時間！

十三　あやしい汽船

電信室でたえまなくＳＯＳ［救助信号］が発信されましたが、汽船太陽丸を救助してくれそうな船は一隻《いっせき》も見あたりません。

そうしているうちにも時間は十分、二十分、三十分――一分一秒もとまることなく進んでいきます。ああ、絶望だ！　この絶体絶命の窮地からのがれるすべはあるのでしょうか。

「先生、わたしたち、このまま死んじゃうの？」

白姫とほかの子どもたちは、すがる思いで劉探偵と院長先生に澄んだ瞳《ひとみ》を向けてきます。ああ、恐怖にとらわれた彼らのまっさおな顔色を見ていると、劉不亂探偵はせつなくなってくるのでした。

「なんの、なんの、心配なんていらないさ！　死ぬだなんて、これしきのことで死んだりなんかするもんか」

そんななぐさめのことばを口にしてはみたものの、なんの足しになるでしょう。海水はジワリジワリ彼らが立っている階段の高さにせまってきます。

三十分。――あと三十分もすれば、船は人々を乗せたまま海にしずんでしまうのです。たとえ救命具を身につけて海面にうかんだとしても、それでどうなるというのでしょう。山のような波、そのうえおそろしい魚が彼らを待ちうけているというのに。

ああ、死はつい目と鼻の先までやってきたようです。にっちもさっちもいかず、汽船とともに海のもくずとなるわが身のさだめを思うと、全身に鳥肌が立ち、なにもかもがとおのいていくような感覚におそわれます。

まさにそんなときでした。船員たちが甲板の上でなにやらさざめく声がかすかにもれ聞こえてくるではありませんか。すると船室のドアがサッとあけられ、うれしそうに目をかがやかせた船長の顔がヌッとあらわれたのでした。

「みなさん、もう心配はいりません！　島が見えます！　みんなをたすけてくれる小さな島が見えるんですよ！　われわれはいまから三十分もしないうちに、その島まで行けそうなんです！　バンザーイ！　バンザーイ！」

船長はいきおいよく両手をあげました。

「エッ、島が見える⁉」

「ウワァ、ウワァ、これでたすかったんだ！」

「バンザイ、バンザイ、バンバンザーイ！」

探偵以下、身をよせあっていた者たちはみな満面に笑みをうかべ、船長といっしょ全身でよろこびをあらわすのでした。

「永吉《ヨンギル》、山童《サンドン》、仁愛《イネ》！」

「白姫、学準！」

はじけるよろこびをおさえようともせず、子どもたちはたがいに名前をよびあいながら、手を取りあって跳びはねています。

こうしておよそ半時間のちに、やっとのことで汽船太陽丸は小さな島にたどりつき、船に乗っていた人々は、あのおそろしい暴風雨からのがれることができたのです。

あくる日の朝になりました。暴風雨はいつの間にかおさまり、どこまでもひろがる青い空にはいっぺんの雲も見えません。

しかし、太陽丸はすぐには島からはなれることができないのです。ゆうべの暴風雨で汽船のあちこちが傷つき、それらの傷をなおすには少なくとも一か月はかかると船長はいいました。それでしかたなく、一か月間、みなはその島にとどまっていたのです。

船乗りたちはみな毎日、けんめいに汽船の修理をつづけます。白姫と学準は、そのはじめて見る南海の島で、いろいろなきみょうな植物に目をまるくしながら、あちらこちらとあるきまわっていました。

ところが、ある日の朝——島からさしてはなれていない海上にあやしい汽船が一隻あらわれたのです。その汽船もまた太陽丸の目ざす南方へ向かって全速力で走っていくではありませんか。

そのとき、双眼鏡で沖の汽船をながめていた船長が突然大声をあげました。

「劉探偵、あの汽船にはあやしげなインド人が乗っています！　仏像をうばっていった、あの盗賊たちじゃありませんか?」

「なんですって、インド人らが……?」

聞くなり劉探偵は血相をかえて船長のそばへと駆けよります。

「さあ、この双眼鏡でごらんなさい」

船長が双眼鏡を首からはずして劉探偵にわたすと、劉探偵はしばらくだまったまま双眼鏡に目をく

っつけるようにして沖を見ていたところ、

「ウウム！　あやしいインド人だな。もし彼らがあの悪辣《あくらつ》な盗賊どもなら、ぼくらよりも先に鶏龍島《けいりゅうとう》を見つけるでしょう。ですから、ぼくらは一刻もはやくこの島から出ていかなきゃなりません。――ところで船長、あとどれぐらいで出航できそうですか？」

「五、六日ぐらいですかな……？」

「五、六日……？」

船長のことばをくりかえした劉不亂探偵は、とほうにくれたような顔でおしだまったまま汽船をながめるばかりでした。

こうして、太陽丸はそれから一週間後、ようやく島から出航することができたのです。

ときは十一月中旬――そうはいっても、この南海地方の気候はいたって温和です。

冬至の十二月二十二日、その日までになんとしてでも鶏龍島にたどりつかねばなりません。冬至の日の夜でなければ月の位置がずれるため、宝物をかくした場所をさがすのがきわめて難しくなるからです。

太陽丸がマレー半島の南端にあるシンガポールでふたたび食料と石炭をつみこんで、マラッカ海峡をとおりぬけたのは、島を出てから、かれこれ十日あまりのちのことでした。そこからさらに十日あまりかかってインドの南端に位置するセイロン島のコロンボまでやってきました。してみると冬至までには、あと一週間ていどしか日にちがありません。鶏龍島という島はいったいどこにあるのか、そもそもそんな島があるのやら、ないのやら？　暗号文のしめすところでは、鶏龍島は赤道の真下にあるというのです。赤道の真下といっても、このひろびろとしたインド洋のどこにあるというのでしょう？　それにあのインド人たちを乗せたあやしい汽船のほうが先に鶏龍島を見つけてしまったらどうなるのでしょうか？

十四　鶏龍島

こうして、希望と不安をのせた太陽丸はセイロン島をあとにして赤道を目ざし、南へ南へと向かっていきました。

このあたりの海には大小無数の島が星のようにうかんでいます。そんな数多くの島の中にはたして鶏龍島とよばれる島があるのやら、ないのやら？

赤道に近づくにつれ、果てしない海上にもやもやと霧がただよいはじめ、しだいに濃くなっていくのでした。前後左右にはいくつもの島が点々とひろがっているのですが、霧のせいでどれ一つとして見えません。

（今日が冬至だ！　なんとしてでも今日中に鶏龍島を見つけださなきゃならん！）

劉不亂探偵は甲板の上を行きつもどりつしながら双眼鏡で四方をながめては胸のうちでつぶやきます。

（ああ、このいまいましい霧のやつめ、いつになったらはれるんだ？）

しかし、さいわいにも午後になると海上に立ちこめていた霧の帳《とばり》はしだいにうすらいでいき、夕焼けに色どられた美しい空をふたたび見あげることができたのです。　そのときでした。白姫、学準、山童らが船首付近に集まってワァ、ワァさわぐ声が聞こえてくるではありませんか。かと思うと、学

準が、

「探偵さん、探偵さん！　はやく双眼鏡をもってこっちへ来てください！」

と、いつにない大声でよびかけてきたので劉探偵は、はじけるように船首へ向かって駆けだしました。

「なにかあったのかい……？」

「あの大きな島の向こうに鶏が龍に乗ったかたちをした小さな島が見えるんです！」

双眼鏡でながめると、はたして龍に乗った鶏のかたちをした島が見えたのです。

「そのとおり！　あれが鶏龍島なんだな！　バンザーイ！」

大人も子どもも、

「鶏龍島、バンザーイ！」

と、さけびながら甲板の上を飛びまわります。よろこびと希望と好奇心にキラキラ目をかがやかせる顔、顔、顔――。

見たまえ！　黄金がどっさりかくされているという鶏龍島は、いま目の前に見えているではないか！　おそろしいインド人どもとあらそい、すさまじい嵐にあいながらも、さがしだした新奇な島、鶏龍島はほんの五百メートル向こうに、彼らがやってくるのを待ってでもいるかのように海の上にうかんでいるのです。

鶏龍島は見つかった！　とはいうものの、はたして莫大な宝物なんてあるのでしょうか、それともそもそもそんな物はありもしないのでしょうか？……興奮と好奇心のとりことなった彼らの胸は、あたかも風にゆらめく灯火のようにゆれています。

こうして、海がうす闇におおわれだしたころ、汽船太陽丸は鶏龍島の近くに到着したのです。しかし、そのとき突然、白姫と仁愛がさけびました。

「あ、先生！　島の向こうに、あやしい汽船が見えるわ！」

「なに、汽船だって？」

船長と劉探偵が目をまるくしながら白姫と仁愛の指さす方向をながめると、たしかに一か月前、暴風雨にあったとき、島の高台からチラッと見えた、あやしいインド人が乗っていた汽船にちがいありません。

「ウウム！」

劉探偵の顔はみるみるこわばっていきました。

そして船長に、

「船長、ぼくらはやむなくあのインド人たちと一戦まじえなきゃならないようです。ぼくらが死ぬか、でなけりゃやつらを殺すか、いずれかいっぽうは死ななきゃなりませんね。ところで、船長、武器はどれぐらいありますか？」

「ピストルがぜんぶで十丁」

「とにかく船をよせてください。見つかる前にすばやく船からおりなきゃなりませんから」

月はまだ出ていなくて、あたりは闇におおわれつつあります。

汽船太陽丸からおりた一行は闇にまぎれながら奥に進み、木々の生いしげる島のちょっとした高台にたどりつきました。

そこでしばらくやすんでから、ふたたび暗い坂道をのぼり、とある大きな岩の下まで進んでいったとき、先頭にいた劉不亂探偵がささやくようにいいました。

「みなさん、いいですか、今夜はここで待機することにしましょう。インド人たちはこの山向こうの谷間にかくれているにちがいないでしょうから。それにやつらも今夜、月がのぼるのを待っているはずです。そしてまんいち……」

その瞬間――どこかからタンと一発の銃声がしたかとみるや、銃弾がビュインと劉不亂探偵の耳もとをかすめていくではありませんか。

「アッ！　地面にふせろ！　はやく！」

低いが腹に力をこめた声で劉探偵がいいました。

「やつらだ！　船長、拳銃をはやく出してください。やつらはぼくらをかくしてくれているこの岩のちょうど反対側にひそんでいるらしい」

そのとき、またもや、もう一発の銃弾がビュイーンと飛んできました。

「さあ、船長！　ぼくらは船員もみなあわせて十五人いますから、こんなふうに一か所に集まっているんじゃなく、三人ずつ五つの組にわかれて、やつらを取りかこんでしまいましょう」

「あ、それがいいですね。それなら子どもたちは一つの組に一人ずついれるようにわけませんか」

「そうしましょう。それで拳銃はぜんぶで十丁だから、一つの組に二丁ずつにわけましょう、さあ、はやく！」

こうして、暗闇の中で彼らは五つの組にわかれました。いったいインド人はぜんぶで何人いるのでしょうか？

十五　おそろしい人影

永吉《ヨンギル》と仁愛《イネ》はそれぞれ二人の船員と三人一組になって海岸をぐるりとまわり、インド人の汽船が停泊している東側へ、山童《サンドン》は船長ともうひとりの船員について南側へ行きました。

そしてつぎに年配の院長先生は学準少年と電信士といっしょに北側を見張ってもらうこととし、劉不亂探偵は白姫と機関士と組んで現在地点である大岩の下にとどまることにしたのです。

月はまだのぼってはいません。ザブンザブンと四方から打ちよせる荒々しい波とうの音と、名のしれない海鳥の鳴き声がキェーキェーと聞こえるばかり。

「タン――タン――タン――」

ふたたび銃声が聞こえてきました。白姫は息を殺して探偵のふところにしがみついていました。

そのときでした。白姫らがひそんでいる岩の上に煙突みたいな黒い影がつっ立っているではありませんか。

「アッ、探偵さん、人影が……」

さけぼうとする白姫の口をとっさに劉探偵はいっぽうの手でふさぎ、

「声を出しちゃだめだ！　だまっているんだよ」

と白姫の耳もとでささやきました。

それで白姫はブルブルふるえながらも、ジワリジワリこちらに近づいてくるおそろしい人影のうごきに目を見はらせています。すると、そのおそろしい人影はだれもいないと思ったのか、岩の上からピョンと飛びおりてくるではありませんか。

その瞬間、白姫のよこにいた機関士がついと立ちあがったかとみるや、黒い人影に飛びかかっていきました。そのインド人はころびながらも、クウェッ、クウェッとなにやらさけび声を発するなり、岩の上にまたもや黒い人影がヌッとあらわれきたのです。一人、二人、三人、四人——劉不亂探偵は拳銃でねらいすましました。

「白姫、よく見ていなさい。いま岩の上から飛びおりようと身がまえているやつがいるだろ。あいつを撃《う》つから、しっかり見てるんだよ！　いいかい——タン！」

銃声に身をちぢこまらせながらも白姫が目をこらすと、黒い大がらの人影がゴロゴロころがりおちていくではないですか。白姫はゾッとして劉探偵のからだにしがみつきました。

「おもしろいだろ？　白姫」

「こわいわ、あたし——」

「こわがることなんかないさ。見ていなさい、もうひとり撃ってやるから」

しかし、岩の上にあらわれた黒い人影はおじけづいたのか、たちまち岩の向こうへ姿を消してしまいました。

それまでインド人とあらそっていた機関士がそばまでやってきて、

「こいつにガツンと一発くらわせられちまいましてね。まだヒリヒリしていやがる」

そういって、うしろ手にしばりあげたインド人を引きすえました。

「ほう、機関士、おてがらだね。こいつらは拳闘の選手だからなみのパンチじゃないんだよ」

劉探偵はそういうと、こんどはインド人に向かってインドのことばで話しかけます。

「おい、もしおまえがおとなしくこっちのいうことを聞くなら、命はたすけてやるが、いうとおりにするか？」

ところが、うしろ手にしばられたインド人はひとことも返事をしません。

「聞くのか、聞かないのか？」

そのときインド人は、はたと首をおこし、

「死んだって聞くもんか！　殺せ！」

と、さけびました。

ちょうどそのときでした。山童が口で息をしながら駆けてきて、

「船長が、船長が銃で撃たれました！」

と報告したのです。

「なんだって、船長が……？」

劉探偵と機関士は仰天しました。

「それで、傷はひどいのか？」

「銃弾が肩をかんつうしています」

「船長はいまどこにいる？」

「あっちの木立ちの中で船員がつきそっています」

銃声があっちからもこっちからも聞こえてきます。いつしか月が出ていました。闇におおわれてい

た周囲はほの白い月の光に照らされて明るくなっていきます。

劉探偵はじっとつっ立ったままなにか思案にくれていたかとみるや、

「機関士！」

力づよい声でよびかけました。

「なんでしょう？」

「いますぐ白姫と山童をつれて船長がたおれているところへ行って、薬をぬって包帯をまいてあげてくれないか」

「探偵さんはどうなさるおつもりなんです？」

「いまから、やることが山ほどあるのさ。それで、ぼくのいうことをよく聞いてほしいんだ。今夜、月があの鶏のかたちをした岩のてっぺんまでのぼるのは、おそらく夜中の三時か四時ごろだろう。そのときインド人たちはふた組にわかれ、ひとつの組はあの鶏のかたちをした岩の上で、月が自分たちの頭上までのぼるのを待つだろうし、もうひと組はそのとき鶏のくちばしの影がどのあたりをさすかを見きわめるつもりで、たぶんこのあたりへ集まるはずだ。わかるね？」

「ハッ、おっしゃるとおりで」

「だからこっちだってふた組にわかれ、ひと組は岩の上にかくれ、もうひと組はやはりこの近くに身をしのばせていて、銃声が一発、タン、と聞こえるはずだから、そうしたらいっせいに飛びだしてほしい。わかったね？」

「わかりました。それじゃあ、探偵さんは？」

「ぼくのことなら心配いらんよ。とにかく夜中の三時か四時ごろ、銃声を合図に合流しよう」

「ハッ、ではのちほどお会いしましょう」

十六　血まみれの学準少年

こうして、劉不亂探偵ひとりをのこして、白姫と山童は機関士といっしょに船長がたおれている木立ちの中までしのび足で行きました。

月明かりに照らされた船長の肩からはどす黒《ぐろ》い血がドクドクながれています。

「船長、傷はしれてますから心配いりませんよ！」

元気づけながら、機関士はカバンから薬と包帯を取りだし、応急処置をほどこしました。

船長はいたみをこらえながら、

「なんの、これしき。だいじょうぶだ！　きみらこそ気をつけたまえ！　おお、白姫か、山童もいるな！　でも、学準、永吉、仁愛はだいじょうぶかな？」

そういいおえるなり、右手の木立ちの奥から血まみれの学準少年が、よろめきながらも急ぎ足でやってくるではないですか。

「学準、どうしたの？」

山童と白姫が駆けよって、両脇から学準をかかえてやりました。学準はしたたる額の血を白姫と山童の上着でぬぐいながら、

「院長先生と電信士が……インド人のやつらにつかまっ……つかまっちゃったんだ。ぼくは、ぼくは

やつらの拳銃をうばおうとしたんだけど、その拳銃で頭をなぐられちゃって……でも、きみらはどこにもけがはないのかい？……あっ、船長さん――」

学準は自分の傷の手あてもしないまま、たおれている船長のそばへ駆けよって行きました。

「船長さん！」

「学準くんか？」

ふたりはギュッと手をにぎりあい、いつまでもそうしているかに見えました。

「船長さん、いたいんでしょう？」

「いや、きみこそ、いたいだろうに。はやく薬をぬって、包帯をまいてもらいなさい」

白姫は手ずから学準の頭の傷に薬をぬってやりました。

「それはそうと、もう月がポッカリ出てるのに、探偵さんはどこに？」

と学準が白姫にきいたとき、かわりに機関士が、

「劉探偵はさっきの岩の下にひとりのこっていてね、なんでも夜中の三時ごろに、あの鶏のかたちをした岩の上にひと組、その一方でこのあたりにもうひと組かくれていて、銃声がタンと聞こえたらいっせいに飛びだせ、っていってる」

「それじゃ、いま何時です？」

「十一時半――」

「まだ四時間ありますね」

そういって学準は傷ついた頭に手をあてて、いたそうに顔をしかめました。

そのときそのそばによこたわっていた船長が、

「それなら山童、いますぐ仁愛と永吉のいるところへ行って船員といっしょにあの岩の上にのぼってかくれていなさい。それで銃声がしたら、すぐに飛びださなくっちゃならん。そして、絶対に自分から先に銃の引き金を引いちゃいけない。どんなことがあっても、銃を撃たずにいて劉探偵の銃声を待つんだ。いいね？」

「はい、わかりました」

山童は返事をするなり、月明かりがほの白く照らす木立ちの合間を海岸へ向かっていちもくさんに駆けだしました。

月はしだいに岩にかかっていきます。周囲は死んだようにしずまりかえり、銃声もプッツリとだえました。

十二時がすぎ、一時がすぎました。木立ちの中から虫の声が聞こえてくるばかり。いまあの凶悪なインド人たちはいったいどこでなにをしているのでしょう？……そして、ひとりのこった劉不亂探偵はどんな手だてを胸にひめ、あの悪逆無道《あくぎゃくむどう》の輩《やから》をしりぞけようとしているのでしょう……？

いよいよ夜中の三時――月が岩の真上にかかるのを待ちながら、学準と白姫らはふるえる胸をギュッと両手でおさえるのでした。

十七　変装した探偵

白姫たちとわかれてひとりのこった劉不亂探偵はどうなったのでしょう？

劉探偵は白姫らを行かせたあと、うしろ手にしばりあげたインド人をおどしたりすかしたりした結果、一味《いちみ》はぜんぶで八人いること、仏像の耳の中にかくされていた暗号文を解いて、今夜、月があの鶏のかたちをした岩の上にかかるのを待っていること、それ以外にもいろいろこまかいことまで聞きだしたのです。そして最後に、

「おまえの名前はなんだ？」

と、たずねました。

「ネリっていいまさあ」

「ネリか！　ウム、ならこいつは……？」

そういって、劉探偵は銃で撃たれてたおれているインド人のほうへあごをしゃくった。

「そいつはトムスってよばれてる」

「そうなのか」

そして、劉探偵は拳銃で相手にねらいをさだめたまま、縄をほどいてやると、

「ネリ、それじゃ服をぬげ！」

と命じ、服をぬがせたあと、ふたたびうしろ手にしばりあげ、近くの小さな岩穴におしこめました。

「ネリ、それじゃここでひと晩おとなしくしてろ。明日《あす》の朝にはほどいてやるよ」

そして大きな石で岩穴をふさいでおいたのです。

そしてすぐに劉探偵はネリの服を着て、顔を黒くぬってから顎《あご》と頬《ほお》にひげをつけ、頭巾《ターバン》をかぶってみると、ああ、なんという不思議、ネリとうり二つではないですか。劉探偵はくりかえし鏡をのぞきこんではほくそ笑むのでした。

そうしてから劉不亂探偵は——いや、ネリに変装した劉探偵は銃で撃たれたトムスを肩にかついでインド人たちがひそむおそろしげな巣窟《そうくつ》に向かっていったのです。インド人の巣窟は小高い丘を一つこえた谷間にありました。インド人たちは月明かりを背にうけてすわり、ヒソヒソとなにごとか話しあっているもようです。

トムスを肩にかついだ劉探偵は丘をこえ、坂道をよろよろくだっていきながら、インド人たちに向かってインドのことばで大声をあげました。

「オーイ、トムスが銃で撃たれちまった。はやくこっちへきて、手をかしてくれないか！」

もちろん、その声はネリの声音をまねていました。するとひとかたまりになっていたインド人たちがこっちへ駆けだしてきて、

「なに、トムスが銃で撃たれたって！　死んじまったのか、息はあるのか……？」

と、きいてくるではありませんか。それで、

「まだ死んじゃいませんぜ」

そうこたえると、ネリに変装した劉探偵はトムスを地面におろしました。

しかし、インド人たちはいま口をきいている相手が劉探偵だとは夢にも思わず、ネリだと信じてうたがわなかったのです。劉探偵は胸のうちで、

（してやったり！）

と笑みをおしころしながら、彼らの中でもっとも凄《すご》みがあり、体格もよく、いかにも親玉らしい男に近づいていき、

「おかしら、あのにくたらしい朝鮮のやつらはぜんぶあわせても五人しかいやしませんから心配なんていりませんや。それにあっしがあの森にかくれてやつらの話をぬすみ聞きしたところによりますと、やつらにはまだあの暗号文の意味がわからず、ただあっしらのあとについて、この鶏龍島までやってきやがっただけですぜ。それに、あっしが五人のうち三人のどてっ腹に風穴《かざあな》をあけてやりましたんで、ご安心を」

すると首領はすこぶる満足げに、

「うむ、そうなのか！　ネリ、おまえは勇敢なやつだ。五人のうち三人もかたづけたとはな。二人はとうにつかまえてるんで、ネリ、もうわしらは安心できるっていう寸法《すんぽう》だ！」

そういって指さす先に劉探偵が目を向けると――ああ！、院長先生と電信士のまっさおな顔がじっとこちらを見ています。

その瞬間、劉探偵は心の中で、

「あっ！　院長先生……」

そんなさけび声をあげずにはいられませんでした。ですが、そんな心のうごきをみじんも顔に出すわけにはいきません。

劉不亂探偵はふとい木の幹にしばりつけられた院長先生と電信士のそばまで近づいていき、ひとりずつ足げにしながら、

「おい、けしからんやつらだ！」

などと、さもにくたらしげにののしったあと、

「おかしら、ところで月もかなりのぼってきてますんで、そろそろあの岩の上にあがりませんか」

平静を装《よそお》って行動をうながすと、首領は腕時計に目をくれ、

「ウム、もう午前一時だな！　なら、おくれないように岩にのぼるとしよう！」

大声で指示を出し、劉探偵が思ったとおり仲間をふた組にわけ、ひと組は岩の上にのぼり、もうひと組は岩の下で待機することになったのですが、劉探偵は首領といっしょに岩の上にのぼっていくことになりました。出かける前に、劉探偵は院長先生と電信士のそばにきてインドのことばで、なおもなにやら罵詈雑言《ばりぞうごん》をあびせたあと、

「おとなしく三時間ばかり、がまんしていてください」

そっと朝鮮語でささやくのでした。院長先生と電信士は目をまるくしました。つぎの瞬間、院長先生はいつか白姫とふたりで太平通にある劉不亂探偵の邸をたずねていったとき、インド人に変装していた劉探偵の姿がふっと思いだされ、よろこびが全身を駆けめぐっていったのです。それで院長先生は目のうごきで相手にわかったことをつたえ、心の中でニッコリわらいました。

こうして、劉不亂探偵はインド人といっしょに行ってしまいました。院長先生と電信士は木の幹にしばりつけられたまま、劉探偵がもどってくるのを首をながくして待つばかりです。

十八　危機一髪

そのころ、岩の下で身をひそめてインド人たちがやって来るのを待つことにした学準らはどうなったのでしょう……？

彼らはとおり道のまん中に大きなおとし穴をほり、その上を木の枝でおおいかくしてから、そばのくぼみに身をひそめていたところ、はたせるかな四人のインド人がなにやらブツブツしゃべりながらこっちへやってくるではありませんか。

「声を立てるんじゃない。じっとしてろよ！」

白姫と学準、銃に撃たれて傷ついた船長、それに船員が三人――彼らは息を殺し、月明かりを背にうけながら四人のインド人がしだいに近づいてくるさまを見まもっています。

ああ、しかし、インド人たちはおとし穴の手前までできたところではたと足をとめ、眼前に切り立つ断崖を見あげながら、なにかを待っているようなのです。それで、学準たちも視線をあげると、ほの白い月の光に照らされながら、三人のインド人が切り立った岩山をアリのようにのろのろ這《は》うようにしてのぼっていく姿が見えました。

「劉探偵は岩の上なのか、下なのか？」

彼らはヒソヒソささやきあいながら、

（劉探偵は合図の銃をいつ撃つんだろう……？）

と、一心に一発の銃声だけを待っていました。ですが、なおも銃声は聞こえてはきません。

おなじころ、仁愛と永吉、山童らの組は、いましがたインド人がノロノロ這いあがっていく崖の中ほどにかくれて劉不亂探偵のはなつ銃声を待っていたのです。しかし、いま目の前をとおりすぎていくインド人の中に劉探偵がいるのかどうかさえ見当もつきません。

そのとき、永吉や山童らは、彼らがひそんでいる穴のまん前で異様な光景を目にしました。それはネリに変装した劉探偵の正体がインド人に見やぶられるという、絶体絶命の危機的状況だったのです。

それでは劉不亂探偵の変装はいったい、いかにして見やぶられたのでしょう？

それまで、ネリに変装した劉探偵は首領とその部下の一人とともにけわしい岩山をのぼっていたのですが、手がかりにしていた小岩がもろくもくずれおちたため、劉探偵のからだは四、五メートルゴロゴロころがりおちはしたものの、さいわい、とある大きな木の枝に引っかかってしまいました。そのときとっさに劉探偵は変装していることもわすれ、

「アイゴー！」

と朝鮮語でさけんでしまったというわけです。とたんに首領は、

「ハハン、そいつはネリじゃなく、ネリに変装した朝鮮の野郎だな！」

そういって木の枝に引っかかった劉不亂探偵に向け、拳銃でねらいをさだめるのでした。

仰天して岩山を見あげる劉探偵と月光にキラリと光る拳銃をにぎり、見おろすふたりのインド人！

ああ、一発の銃声とともに劉不亂探偵の命は朝日に消えゆく朝露のようにうしなわれてしまうのでし

ょうか！

「手をあげろ！　おかしなまねをしやがったらぶっぱなすぜ！」

ドスのきいた声で首領がおどします。劉探偵は目の前が真っ暗になりましたが、つぎの瞬間、山童と永吉が船員とともにインド人の背後に突然あらわれたのを見て、どれほど勇気づけられたことでしょう。劉探偵は両手をあげて、こうさんする姿勢をあらわしました。そのときでした。

「タン、タン！」

永吉と山童が拳銃をにぎったインド人の手を撃ったのです。ふたりのインド人は拳銃を崖下へおとし、アッと、うめいてふりかえったものの、ときすでにおそし。彼らはまたたく間に船員のふとい腕で首をしめられてしまいました。

劉探偵ははずかしそうに、

「きみたちが、ぼくのかわりに合図の銃を撃ってくれたってわけだね」

と、おれいをいいました。

いっぽう、岩山の下で劉不亂探偵の合図の銃声を待っていた学準と白姫らの組はどうなったかといえば、そのとき、しずまりかえった夜空にタン、タン、とひびく銃声を聞くなり、ワーといっせいに声をあげながら、いきおいよくインド人たちに向かっていきました。安心しきっていた彼らはあわてふためき、なにやらわめきながら数歩あとずさっていくではありませんか。瞬間、彼らは、

「アッ――」

と、さけびながらふかいおとし穴へとはまってしまったのです。穴の中で泣きわめくインド人たちの声を聞いたとき、白姫、学準、船長、機関士、そのほかの船員たちも両手をあげて、

「ウワー！　ウワー！」

うれしさのあまり、跳びはねるのでした。こんなふうにして、あの凶悪なインド人たちを一人のこらずつかまえてしまったのです。

「ハーク、チューン！　うまくいったか……？」

そのとき岩山の上から大きな声が、ながいひびきをともなって聞こえてきました。そこで学準も声を張りあげて、

「インド人は一人のこらず、おとし穴に閉じこめてやったよ！　そっちのほうはどうなった？」

と、たずねました。

「こっちだって一人のこらずつかまえたよ！」

「ほんと？」

「そんなことより、はやくあっちの丘の向こうへ行って、谷間の木の幹にしばりつけられてる院長先生と電信士をたすけてやって！　はやく行かないと！」

それを聞いた船員二人が院長先生らをつれもどそうと丘を駆けのぼっていきました。すると、こんどは劉探偵の声が聞こえてきます。

「学準！　きみはそこにいて、この鶏のくちばしのかたちをした岩の影がどのあたりをさすのか、しっかりと見ていなきゃならない。わかったかーい？」

「ハーイ、わかってまーす」

十九　黄金窟

ややあって劉不亂探偵は、ふたたび声を張りあげました。

「月が鶏の頭の上にかかるまでには、まだ三十分はあるだろう。それじゃ、いま、くちばしのかたちをした岩の影はどのあたりにあるのかーい？」

「この先の丘の上にかかっていまーす」

「よし、それならすぐにそっちのほうへ行くんだ！」

そこで機関士におとし穴の中にいるインド人を見はらせ、そのほかの者はみな丘の上に向かって道をいそぎました。しばらくすると、船員二人が院長先生と電信士を救出してこちらへやってくるではありませんか。

「あ、院長先生！　ずいぶん苦しかったでしょう？　インド人はみんなつかまえましたよ」

学準が報告すると、院長先生は、

「おや、頭をけがしてるじゃないか！　あ、船長も肩を——」

と、おどろかずにはいられませんでした。そのとき、ふたたび劉探偵が岩山の上から大声で話しかけました。

「学準、ちょうどいま、鶏の頭のかたちをした岩の上まで月がのぼったところだ。くちばしの影はどのあたりに見える?」

「影が大きすぎて、ドンピシャリでここだ、っていえないんですけど、だいたい、でかい椰子の木のそばですね」

「よーし……それならそこで待っていたまえ。すぐにおりていくから」

劉不亂探偵がしばりあげた二人のインド人を引きたてておりてきたのは、それから三十分ほどたってからでした。劉探偵は学準の頭をなでてやり、船長の肩にそっとふれながら、

「だいじょうぶ。すぐによくなりますよ」

そういって、ふたりをはげましたあと、

「それじゃ、この連中もおとし穴にとじこめておいて、いますぐ莫大な金塊が山のようにつまれているっていう黄金窟にはいっていこう!」

と、力づよく号令をかけました。

こうして、インド人をみな穴の中にとじこめたあと、劉探偵を先頭に、いよいよ宝探しのはじまりです。

しんとしずまりかえった孤島の夜も、いつしかもやもや霧が立ちこめてきて夜明けの近いことをつげています。はたして、あのきみょうな暗号文に書かれているとおり、莫大な宝物が彼らを待ちうけているのでしょうか?……一行の胸は興奮にうちふるえ、ワクワクする期待はいや増しにふくれあがっていくのでした。そのとき劉探偵は、

「それじゃ、みなさん、きっちり数えてください。この椰子の木の下から南へ百歩、あるいて行かなきゃなりません。さあ、一、二、三、四……」

劉探偵は方位磁石を見ながら、椰子の木の下から南へ向かってあるきはじめました。ほかのみんなも、そのあとにつづいて、

「五、六、七……」

声をあわせて数えていきます。

丘をこえて谷間へと、くだっていきました。そこからさらにすこし坂をのぼったところがちょうど百歩目でした。小さな泉のすぐそばにあたります。

「さあ、この泉からさらに東へ三十歩、あるいていかなくっちゃ」

劉探偵の指示のもと、そこからさらに東へ三十歩だけ進みました。すると、そこにはなにかの石碑みたいな、小さな石が立っていたのです。その石碑からさらに北へ十歩、そこから西へ二歩進んだところ、おお！　これはどうしたことでしょう？

彼らの眼前に一枚岩の扉《とびら》があらわれたではありませんか。

「よし、この石の扉をあけよう！」

劉探偵は、たかぶった声をあげました。そして、みなで力をあわせ、重そうな石の扉をギシッと引きあけたのです。扉の奥は暗い洞窟でした。冷えびえとした風がサッと吹きつけてきて、興奮した彼らの顔をあらいきよめようとでもするかのようにとおりすぎていきます。

「さあ、ぼくのあとについてきなさい！」

劉探偵が先に立ち、光のとどかない洞窟の奥へと歩を進めていきました。

彼らは階段状に傾斜した洞窟を足と手で位置を確かめながら、地中ふかくおりていったのです。劉探偵は懐中電灯を片手に、

「みんな手をつないでついてくるように。ひとりでもはぐれちゃいけないからね」

と指示を出し、その声が洞窟内にひびきわたっていきます。頭上からは水滴がポタッポタッとおちてきます。

子どもたちはこわくて、こわくてたまりません。このまま進んでいって洞窟がくずれたらどうしよう？……この真っ暗な洞窟にヌッと化物《ばけもの》があらわれたらどうしよう？……ともすれば地獄を連想させる地底の空洞——。

こうしてクネクネ曲がる洞窟をしばらくあるきつづけていくと、道が二つにわかれているではありませんか。

「どっちだろう？」

しばしためらった劉探偵は左がわの道をあるきはじめました。すると、どこからかザブンザブンと波の音がかすかに聞こえてくるのです。

「海の底なんだ！」

学準と白姫はたがいにささやきました。頭上からは水滴がポタッポタッとおちてきます。そのとき先頭にいた劉探偵が、

「おや、ここにも小さな石の扉があるぞ！」

そういうなり、駆けよって懐中電灯で照らして見ると、石の扉にはインドのことばでつぎのとおり書かれていたのです。

黄金窟

それはだれのものなのか?

見つけた人のもの!


「黄金窟だ! 黄金窟だ!」

「バンザーイ! バンザーイ!」

みんなはうれしくて手をたたいて小躍《こおど》りしました。

二十　王冠

しかしそのとき、劉不亂探偵はさわがないように、と手で合図をおくり、石の扉がズルッとよこにすべってあいた隙間に耳をあて、

「そのまましずかに。中からなにやらガサガサへんな音が聞こえてくるんだ」

声を殺してそういうのです。子どもたちはゾッとして身の毛がよだちました。こんな洞窟の奥深くになにかがいるって……人なの？……それとも化物なの？……いや、子どもたちだけではなく、じつのところ大人たちもこわくてしかたがなかったのです。

劉探偵はしばらく耳をすましていて、

「ウウム、みなさん、拳銃を用意するように。この扉の向こうになにかはわからないけど、ガサガサうごくものがいる」

そのとき突然、石の扉の向こうから、

「ウウム、ウウム――」

といううめき声にも似た物音が聞こえてくるではありませんか。

だれもがギクリとし、

「なんだ、ありゃ⁉」

思わず大声をあげてしまいました。それは事実化物の泣き声かとも思えてくる、うす気味悪いものでした。

「お化けだ！」

山童はおじけづいてブルブルふるえています。そのとき劉探偵が、

「おちついて！　お化けなんかじゃない。人の声だ！」

と冷静に音の正体を見きわめました。

「人間だって？……こんな洞窟の奥に人がいるなんて？」

「でも、人の声にちがいないですね。――いいですか、いっきにこの扉をあけますから、みなさんはいっせいに拳銃をかまえるんですよ」

そんな指示をあたえたあと、劉探偵はいっきに石の扉を引きあけました。その瞬間、

「アッ！」

だれもがおどろかずにはいられません。懐中電灯の光が照らす先――そこにはなんとも見るも無惨な光景があらわれたのです。

無惨な光景――それはほんとうに、ゾッとする光景だったのです。

みなさん、あの弱い光をはなつ懐中電灯の明かりをたよりに、とくとごらんください。そこはゴツゴツした岩でかこまれた岩窟なのですが、その岩窟のまん中で裸のインド人が大蛇にグルグル巻きつかれて死にかけているではないですか！

その瞬間、劉探偵は大蛇の頭をねらって、タンと一発、弾丸をぶっぱなしました。ギラギラひかる大蛇の頭からどす黒い血が泉のようにドクドクながれ出てきます。それでもなお大蛇はインド人をは

なそうとはしないので、もう一発、大蛇の首をねらって撃ちました。するとインド人をはなした大蛇は岩窟内をのたうちまわっていたものの、ややあって気力がつきたのかピクリともしなくなってしまいました。

「あ、ネリじゃないか！」

と、よびかけながら劉探偵はインド人のからだをさわってみたのですが、すでにことされてしまっていました。

「ネリって？」

わけを知らないみんなは劉探偵にたずねました。

「こいつの名前がネリっていうんだ。ゆうべ機関士がつかまえたインド人なんだけど。こいつの服をぬがせて、ぼくがネリに変装していたのさ。そのときネリを近くの岩穴へとじこめたつもりだったのに、どうやってこんなところまでやってこられたんだろう？……あ、さっき道がふたまたにわかれていたところがあったよね。あの右手の道がその岩穴に通じているんだろう、きっとそうだ。大蛇がいるとも知らず、黄金窟を見つけたと大よろこびしたんだろうに。かわいそうなやつ！」

そのとき学準少年が、

「探偵さん、ここになんだかみょうな箱があります」

と大声をあげました。

懐中電灯で照らしてみると、はたして岩窟のかたすみにやはり石でできた箱らしき物がポツンと置かれてあるのです。

劉探偵がさっとそのそばまで行ってみると、ポタポタしずくがおちてくるふたの上にインドの文字でつぎのように書かれていました。


このふたをあける者よ！

幸福を手にいれる者よ！


「これだ、これ！　この箱の中に黄金がいっぱいはいっているんだ！」

さもうれしそうに声をあげる劉不亂探偵をぐるりと取りまき、胸をドキドキさせながらきみょうな箱に視線をそそぐ瞳、瞳、瞳！

「だったら、すぐにでもふたをあけようじゃないか」

と院長先生にさいそくされ、

「そうしましょう。じゃ、そっちをもってください。いち、にの、さん！」

ふたがあきました。その瞬間、だれもが口をポカンとあけ、目がキラリとかがやきます。

「やあ！　見てよ、これ！」

「これ、なんだい！」

「黄金でつくった王冠だな！」

だれもがどうふるまえばよいのかわからない、とでもいうように、跳びはね、さわがずにはいられないのでした。

「ああ、ごらん！　暗がりの中でキラキラひかる黄金の王冠を見てごらん！　王冠の縁《ふち》には、宝石がいくつもうめこまれているんだな、まるで星を見ているようじゃないか！」

「これはむかし、インドのある王様が、いや、あのヒマラヤの山中で山賊どもに銃で撃たれて息絶えた婦人のご先祖様がこしらえた物にちがいないでしょう」

そういって劉探偵はまぶしくきらめく王冠を箱から取りだし、

「さあ、それじゃ、一刻もはやく外に出ないといけない」

命令するようにいいました。

二十一　帰航

　こうして、一行がネリの遺体をかついで、暗い洞窟からふたたび地上へ出たのは、神秘の島、鶏龍島の東の空に太陽がのぼりはじめるころあいでした。

　おとし穴に監禁していたインド人をみな引っ張りあげ、縄をといて武器をうばいとったまま、ネリの遺体も引きわたし、彼らの汽船に乗せてやりました。

「ネリを殺したのはけっしてぼくらじゃない。ネリは大蛇に絞め殺されたんだから、ぼくらをうらむんじゃないよ。――それじゃ、ひげもじゃの首領さん！　お元気で。縁《えん》があったら、また会いましょう！」

　劉不亂探偵は俳優が舞台の上でするように、片手を胸にあて、丁重におじぎをしました。子どもたちはそのかっこうがあまりにもおかしくて、

「ハハ、ハハ……」

　と、わらいころげるのですが、いましめをとかれた首領は怒れる獅子のごとき目できっと劉探偵をにらみつけ、

「今回はおまえたちにしてやられたが、ゆめゆめ安心するんじゃないぞ！　そのうちきっとその王冠をうばってやるからな！　おぼえていやがれ！」

と、さけびました。

「フン、おぼえていやがれっていうやつなんて、こわくもなんともないね」

そういって劉不亂探偵は両手でかかえた黄金の王冠をひょいとさし出しながら、

「首領さん、負けおしみなんぞそれぐらいにして、こんどぼくがインドへ旅行に行くから、そのときにはおごってもらわないといけませんな。首領さんを殺しもせず、丁重におくりかえしてもらえる恩をわすれてはいかんでしょう」

そして劉探偵はきびすをかえして歩をうつしながら、

「それじゃ、みなさん、ぼくらも鶏龍島から出発しましょう」

と力づよくいいました。

こうして、鶏龍島をはなれた太陽丸は思うさま朝日をあび、インド洋の青い波を力づよく切りさきながら、エンジン音も高らかに、はるか朝鮮を目ざしてまっしぐらに進んでいるとき、甲板では燦然《さんぜん》とかがやく黄金の王冠をぐるりとかこみ、子どもも大人もいっしょになって冒険の成功を心から祝福しました。

「白姫！　この王冠はきみのものだ！」

劉探偵は白姫のすぐ前に王冠を置きました。白姫ははずかしそうに顔を赤らめ、

「わたしだけのものじゃないわ。学準と約束したんですけど、この王冠を売って、うんとりっぱな孤児院を建てたいんです。そしてそれから、朝鮮中からかわいそうな子どもたちを集めて……」

そんな希望を語りおえるのも待たずに、

「ほう！　白姫、なんてえらい子どもなんだ！」

よこにすわっていた院長先生がまっ先によろこびの声をあげました。

「院長先生、ぜひそうしてほしいんです」

学準も思いはおなじです。

「よし、わかった！　きみたちの希望どおりにしよう！」

劉探偵と院長先生は心から賛成しないわけがありません。

「ほんとうに？」

「ほんとうだとも！」

「ああ、うれしい！　うれしいな！」

子どもたちは手をたたいてよろこびました。

りっぱな孤児院を建てよう！　両親のいない子、おなかをすかした子、学校へ行けない子——そんな子どもたちをみんな集め、いっしょにくらし、教育を受けさせ、将来りっぱな人間になるようにそだてよう！　ああ、そんなことができるなら、どれほどすばらしいことか！

「鶏龍島よ、さらば！　朝鮮へ帰るよ！」

訳者あとがき

韓国における少年探偵小説の歴史は韓国の推理小説研究家朴光奎《パク・クァンギュ》氏の調べ（「植民地時期の児童推理小説」季刊ミステリ51号、二〇一六年三月）によりますと、日本統治時代の一九二〇年代に始まり、一九四五年の終戦までに二十数編の作品が新聞や雑誌に掲載されたことが確認されています。しかしながら、なかには創作なのか翻案なのか不分明な作品もあり、個々の作品を評価するには情報が不足しているようです。したがって現時点では、「朝鮮における児童文学の先駆者」といわれる方定煥（パン・ジョンファン）が一九二三年に創刊した児童雑誌『オリニ』の一九二五年一月号から連載の始まった「妹をさがせ」が少年探偵小説の嚆矢といえるでしょう。この作品は方定煥が北極星の筆名で発表したもので、その後も同じ筆名でたてつづけに「七七団の秘密」、「少年三台星」、「少年四天王」という題名の少年探偵小説を『オリニ』誌上に連載しています。なかでも「七七団の秘密」は完成度が高く、現代の読者にも人気があり、いまなお再版がつづいているほど息の長い作品です。「七七団の秘密」は一九二六年四月号から一九二七年十一月号にかけて不定期連載された一種の冒険小説。朝鮮人としての民族精神を鼓舞しようとする意図の窺える作品なのですが、家族のために死をも恐れず、勇敢に行動する少年の姿に時代を超えて読者を惹きこむ力があると思います。一般に、この作品は韓国が日本の植民地であった時期のうち一九二〇年代における少年探偵小説の代表作とみなされています。

つづく一九三〇年代における少年探偵小説の代表作が金来成の「白仮面」であることに異論の余地はないでしょう。「白仮面」は金来成が最初に公表した長編探偵小説で、探偵小説家劉不亂《ユブラン》が名探偵として初めて作品上で活躍する姿を見せています。この作品は、「探偵冒険小説　白仮面」の標題で雑誌『少年』（朝鮮日報出版部、一九三七年四月創刊の月刊誌）に一九三七年六月号から一九三八年五月号まで挿絵付きで連載され、同雑誌の読者投稿欄「少年談話室」に読後の興奮を伝える投稿が殺到するなど爆発的な人気を得ました。事実、連載終了直後に漢城図書から単行本が刊行され（一九三八年七月一日付『東亜日報』紙上に「白仮面　探偵小説　定価七十銭」と新刊案内が掲載されています）、一九四四年七月には『白仮面と黄金窟』の標題で二作を併せた単行本が朝鮮出版社から刊行され、一九四六年には同じく朝鮮出版社から『白仮面』が単独で、同様に一九五一年には平凡社からも再刊されています。

本書所収「白仮面」の翻訳は雑誌『少年』連載分（以下、雑誌版と略称）を底本としましたが、現存の確認できない巻号があり、「白仮面」連載中の欠号分については大韓民国成立後三年目にして朝鮮戦争の最中でもある一九五一年に発行された平凡社版『白仮面』（以下、平凡社版と略称）及び、朴正熙《パクチョンヒ》政権下の一九七八年に韓振出版社から復刊された単行本（以下、韓振社版と略称）を参照しました。まずこれらの単行本と雑誌版を比較参照したところ、ストーリーに改変のないことは確認できたのですが、地名、機関名など一部の固有名詞が変更されていることが見えてきました。その具体例を一部挙げてみますと（雑誌版⇒平凡社版⇒韓振社版の順）、「東京警視庁」⇒「ニューヨーク」⇒「検察庁」、「大神宮」⇒「石段」⇒「噴水台」、「黄金町」⇒「乙支路」⇒「明洞」、「朝鮮銀行」⇒

「韓国銀行」⇒「韓国銀行」、「平壌」⇒「平壌」⇒「木浦《モッポ》」……といった具合。世相の反映された興味深い現象ともいえますが、本訳書では作品の時代背景を重視し、雑誌版での地名、機関名表記で統一しています。登場人物名は雑誌版、平凡社版で同一の漢字表記があり、本訳書でもそれらのテキストにしたがいました。

また、平凡社版には標題紙以外に挿絵はなく、タイトルが『探偵小説　白仮面』となっています。韓振社版では表紙のタイトルは『白仮面』で本文に雑誌版とは別の挿絵が付いていますが、標題、本文ともすべてハングル表記になっています。

「黄金窟」は「白仮面」連載中の一九三七年十一月一日から同年十二月三十一日まで『東亜日報』紙上に「探偵小説　黄金窟」の標題で連載された少年探偵小説で、各連載分には四段のうち一段を使って挿絵が載っています。本訳書は『東亜日報』連載分の本文を底本としました。一九四四年に朝鮮出版社から単行本（上述の『白仮面と黄金窟』）が刊行され、一九四五年には平凡社、一九七一年にはアリラン社、一九九三年には和平社からそれぞれ再刊されています。

「白仮面」と「黄金窟」の成功により、金来成はさらに一般大衆向けの長編探偵小説「魔人」（『朝鮮日報』1939.2.14-1939.10.11）、「台風」（『毎日新報』1942.11.21-1943.5.2）の新聞連載の機会を得て、朝鮮における探偵小説家の第一人者として不動の地位を確立したものの戦後、一般向けの探偵物は書かなくなりました。日本統治時代に創作した短編探偵小説を五編収録した『秘密の門』（青雲社　一九五二）の序文で「幸福だった当時の自分自身を回想し、現在の自身を限りなく淋しく思う。なぜならば、いまの私にはこうした熱狂的な作品を制作する情熱をすっかり失くしてしまっているからだ」と著者自ら各短編初出時と短編集刊行時との心境の落差について語っています。しかし、その一方で、少年小説に関するかぎり「白仮面」執筆以降、晩年にいたるまで探偵物もふくめて創作の情熱をもちつづけていたといえるでしょう。以下に本書収録作品以外に公表された金来成作の少年小説作品を挙げておきます。

1.「トルトルの冒険」(「똘똘이의 모험」:ラジオドラマ、一九四六年)
2.「妖怪の頭巾」(「도깨비감투」:金来成の故郷である平安道の一部地域と咸鏡道に伝わる民間説話を素材にした冒険探偵小説、一九四六~一九四七年・初出誌未確認、一九七九年に韓振出版社から復刊)
3.「秘密の仮面」(「비밀의 가면」:『鉄仮面』の翻案小説、雑誌『少年』一九四九年三月~九月〔一九四八年創刊の雑誌〕)
4.「双子の虹のかかる丘」(「쌍무지개 뜨는 언덕」:雑誌『少年』一九四九年十二月~一九五〇年六月)
5.「夢見る海」(「꿈꾸는 바다」:『ガリバー旅行記』の翻案、雑誌『新しい友』一九五二年七月~一九五三年二月)
6.「黒い星」(「검은 별」:ジョンストン・マッカレー"The Black Star"の翻案小説、雑誌『学園』一九五三年九月~一九五五年二月)
7.「黄金蝙蝠」(「황금 박쥐」:雑誌『学園』一九五五年四月~一九五六年五月)

本企画を進めるにあたって推理小説研究家朴《パク・》光奎《クァンギュ》氏からいろいろと貴重な資料をお見せいただきましたこと、また推理作家韓東珍《ハンドンジン》氏には資料収集に協力していただきましたことを心より感謝申し上げます。

〔著者〕
金来成（キム・ネソン）
1909年、平安南道大同郡生まれ。35年、早稲田大学在学中に探偵雑誌『ぷろふいる』でデビュー。朝鮮に戻ってから、戦前は探偵作家、戦後は大衆文学作家として活躍した。主な作品に、『魔人』、『白蛇図』、『真珠塔』、『人生画報』、『青春劇場』などがある。『京郷新聞』に長編小説『失楽園の星』連載中の57年2月、脳溢血のため死去。

〔訳者〕
祖田律男（そだ・りつお）
1951年、兵庫県神戸市生まれ。図書館司書を経て韓国語翻訳家となる。訳書に『コリアン・ミステリ 韓国推理小説傑作選』（バベル・プレス）、『最後の証人』、『魔人』、『金来成探偵小説選』（いずれも論創社）などがある。

白仮面《しろかめん》
——論創海外ミステリ 224

2018年12月25日　初版第1刷印刷
2018年12月30日　初版第1刷発行

著　者　金来成
訳　者　祖田律男
装　丁　奥定泰之
発行人　森下紀夫
発行所　論 創 社
〒101-0051 東京都千代田区神田神保町2-23 北井ビル
TEL:03-3264-5254　FAX:03-3264-5254　振替口座 00160-1-155266
WEB:http://www.ronso.co.jp

印刷・製本　中央精版印刷
組版　フレックスアート

ISBN978-4-8460-1766-8
落丁・乱丁本はお取り替えいたします